死が棲む家

～ある少女の復讐～

たくら六

STARTS
スターツ出版株式会社

イラスト／飴宮86+

今日もお客様がいらっしゃった。
明日は何人来るだろう。
まったく、世の中には死ぬべき人間が多すぎる。
もっともっと殺さないといけない。
屋敷は勝手にきれいになる。
どんなに汚しても、壊しても、すぐ元どおり。
おかげでいつ誰が来ても、最高のおもてなしができる。
たくさん殺すことができる。
……あ。
玄関が開く音がした。
また誰かがやってきた。
待たせては悪い。
すぐにお迎えに上がらなくては――。

死が棲む家
ある少女の復讐

人物紹介

SHI GA SUMUIE

龍真（りゅうま）

成績優秀で運動神経も抜群のイケメン。普段から異性に対して素っ気ないが、奈乃とは仲がいい。

奈乃（なの）

何事にも慎重な高１女子。龍真に片想い中。霧の中迷い込んだ屋敷から脱出するため、かつて屋敷に住んでいた少女の謎を調べることに。

かつて屋敷に住んでいた少女。人々に神と崇められていた彼女は、ある秘密を抱えていたようで…。

奈乃の親友。裏表がなく、自分の気持ちに正直。

しっかり者の美人。頭がよく、真面目な優等生。

千尋と幼なじみ。見た目が派手。基本的に直感で動く。

社交的な性格。家がお金持ちで、叔父の別荘で遊ぼうと奈乃たちを誘う。

屋敷の見取り図

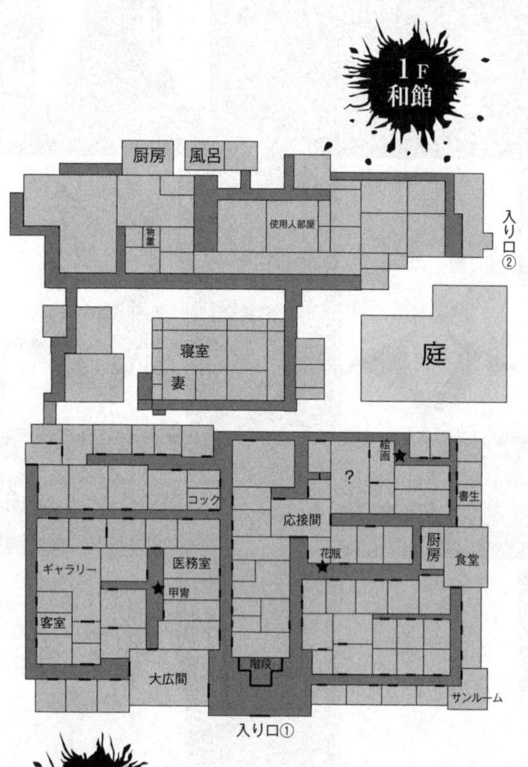

1F
和館
厨房
風呂
物置
使用人部屋
入り口②
寝室
妻
庭
絵画
?
書生
コック
応接間
厨房
食堂
花瓶
ギャラリー
医務室
甲冑
客室
階段
大広間
サンルーム
入り口①
1F
洋館

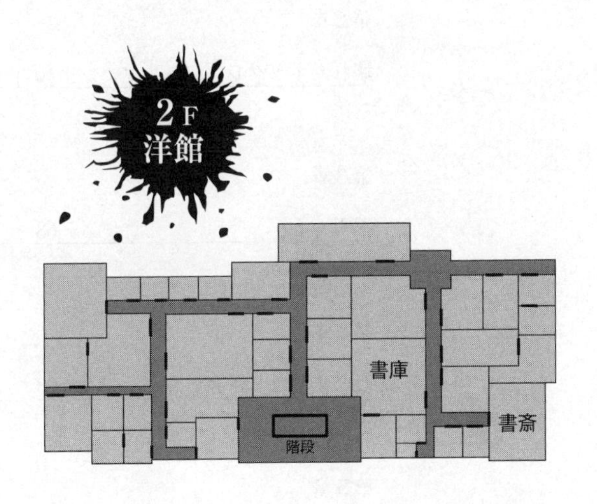
2F
洋館
書庫
書斎
階段

contents

第1章

楽しい楽しい夏休み

「奈乃はいつになったら告白するの？」
　とある日のお昼休み。
　親友の千尋は、机の上に広げていたお弁当箱を片づけながら、唐突に尋ねてきた。
「へ？」
「へ？　じゃないでしょ」
　呆れ顔の彼女の視線は、窓の外へと向かう。
　つられて、わたしも外を見る。
　ここは、直近の席替えで手に入れた、窓側うしろから２番目というかなりいい場所。ちょっと横を向けば、広い校庭を見渡すことができる。
　少し前まで誰もいなかった校庭は、いつの間にか人で賑わっていた。
　その中には、サッカーをしている同じ学年の男子たちの姿も。
　ご飯食べたばかりなのに、よくそんなに動けるなぁ。
　お腹痛くならないんだろうか……。
　わたしの心配をよそに、彼らは軽快に走り回っている。
「おっ！」
　千尋が、声を上げて身を乗り出す。
　直後、男子の１人がシュートを放つと、ボールはゴールキーパーの横をすり抜け、ネットの中に勢いよく収まっていった。
「いいぞー弘ちゃん！」
　その男子——弘毅（こうき）くんの活躍を、千尋は自分のことのように喜んでいる。
　弘毅くんは、わたしたちのクラスメイト。そして、千尋の幼なじみだ。
　性格をそのまま反映したような明るい髪色（かみいろ）に加え、いつも制服を着崩していて目立つため、彼のことは遠くからでも容易に判別できてしまう。
　千尋と弘毅くんは、家族みたいに仲がいい。
　知り合った当初は付き合ってるのかと思っていたけど、当人たちいわく『そういうのじゃない』とのこと。
　得意げに笑った弘毅くんが、直前にパスを出した男子の元に駆け寄っていく。
　弘毅くんと龍真（りゅうま）くん、２人の間でハイタッチが交わされる。
　すると、途端に女子の黄色い声援がボリュームを増した。
　相変わらず、すごい人気だ。
　——あ。
　ふいに顔を上げた龍真くんが、こっちを見た。
　目が合った瞬間、彼のクールな表情が微笑みに変わる。
　笑顔で手を振ってくる龍真くん。
　わたしは、慌てて手を振り返そうとする。
　けれど、ほんの少し遅かった。
　わたしが動く前にゲームが再開してしまい、龍真くんは視線を戻して再びボールを追いかけはじめた。

「……」

上げかけの、行き場を失った手を、するすると机の上へ戻す。

そんなわたしを見て、千尋は眉を下げた。

「じれったいなぁ。早く付き合えばいいのに」

「簡単に言わないでよ」

デザートのパイナップルにピックを刺し、話を制止するかのように千尋の口元に運ぶ。

千尋はパイナップルを食べたけれど、話は終わらなかった。

「龍真くん、奈乃にだけ優しいじゃん。両想いじゃん」

「違ったらどうするの」

わたしだって、これでも15年生きてきた。

好きは好きでも、いろいろな“好き”があることくらい知ってるし、実際、目の前にその一例がいる。

お互いが好きで、でも、恋愛感情ではなく友愛が成り立っている千尋と弘毅くん。

こういうパターンもあるとわかった今、見切り発車で踏み出すのは……。

無理だ。絶対無理。

千尋は、小さなため息をつく。

「龍真くんモテるんだから。のんびりしてると、誰かに取られちゃうかもよ」

「わかってるよぉ」

大げさでもなんでもなく、龍真くんはモテる。

芸能人に劣らない整った顔立ちに加え、成績優秀、スポーツ万能で女子に大人気。

むしろ、なんで彼女がいないのか不思議なくらいだった。

「２人の場合、やっぱタイミングかなー」

手持ち無沙汰の千尋は、最近切り揃えたばかりのショートボブの髪を、指でくるくるともてあそぶ。

「まぁ、もうすぐ夏休みだし。海に花火に肝試し。チャンスなんていくらでも作れるんだから、頑張りなさいよ」

「うぅー……」

「なになに、なんの話？」

唐突に会話に入ってきた、明るい声。

クラスメイトの晋哉くんは、愛嬌のある笑顔を浮かべながら、ちょうど空いていたわたしの隣の席に腰かけた。

千尋は、慣れた様子で話を続ける。

「もうすぐ夏休みでしょ？　せっかくだから、みんなでどこか行きたいよねーって」

「あぁ、なるほど」

頷いた晋哉くんは、「そうだ」と、思い出したように言う。

「ぼくら、叔父さんの別荘に遊びに行く予定なんだけど、キミたちも一緒にどう？」

「別荘？」

いたって普通の一般市民なわたしには、まるで縁のない単語だけど、相手は晋哉くん。

彼は、お坊ちゃんなのだ。

家族がかなりの資産家で、全国各地……いや、世界各地に別荘を持っていると、噂には聞いている。
「弘毅と龍真と約束してるんだ。予定合うならおいで。弥生も誘おうか」
わたし、千尋、弥生、弘毅くん、龍真くん、晋哉くん。
入学後、初めて組んだ班のメンバーだ。
それを機に、わたしは龍真くんたちと仲良くなった。
単純に気が合うからなのか、上手いことバランスがとれているからなのかよくわからないけれど、6人でいると居心地がよくて、数か月たった今でもたびたび一緒に行動している。
「行く行く！　絶対行く！　ね、奈乃も行くでしょ？」
「うんっ」
「おっけー。じゃ、あとで詳細教えるね」
別荘。
みんなと、龍真くんとお泊まり……。
そんなの、楽しくないわけがない。
晋哉くんから教えてもらった旅行日を、すぐさまスマホのスケジュール帳に入れる。
あと何日？
うーん、結構ある。
早く夏休みにならないかなぁ。
窓の外から歓声が上がる。
また1点、追加されたみたいだ——。

待ち遠しかった夏休みは、あっという間に訪れた。

大量の宿題とか、塾の予定とか。

押し寄せてきた面倒なものは、いったんすべて忘れることにして、わたしたちは休暇を楽しむべく、山奥の別荘に向かった。

晋哉くんの叔父さんが運転する車は、順調に進んでいく。

炎天にじりじりと焼かれ熱気を放つアスファルトの道も、いつしか緑に囲まれた涼しげな山道に変わっていた。

「早くつかないかなー」

車内に流れる最近流行りの曲に合わせ、鼻歌を歌いながら千尋が窓の外を見る。

その横で、わたしは睡魔と闘っていた。

昨日は全然眠れなかったな……。

忘れ物しないように、持っていくものを何度もチェックして、ベッドに入ってからもソワソワして寝つけなくて。

それで、起きたら時間ぎりぎりなんだもの。

なんとか待ち合わせには間に合ったからいいけれど、朝からどっと疲れてしまった。

道行く車の揺れも絶妙に心地いいし、気を抜いた瞬間、眠ってしまいそう。

「……おっと」

ふいに車はスピードを緩め、停車した。

一番うしろの列に座っていた弘毅くんが、前方を確認するように顔を出す。

「どうしたんすか？」

「タイヤがパンクしてしまったようだ」
「えーっ」
　叔父さんは、あっけらかんと笑った。
　助手席の晋哉くんは、顔を曇らせる。
「別荘、まだ先じゃなかった？」
「うん。でも近道があるから、歩いていけばそんなに遠くないんだ。まぁ、大きな荷物も積んでるし、向こうに置いてある車を持ってくるよ。それに乗り換えよう。30分くらいで戻ると思う。少し待っててくれ」
　叔父さんは道の端(はし)のほうに車を寄せて再び停めると、外に出ていった。
　気をつけて、と叔父さんを送り出した晋哉くんは、助手席からこちらを見る。
「ごめんね、みんな」
「気にすんなって。こういうのも醍醐味(だいごみ)だろ」
「そうそう。お菓子(かし)でも食べて待ってよう」
　申し訳なさそうな晋哉くんを励まし、わたしたちは叔父さんが戻ってくるまでの間、車内でのんびり待つことにした。

　いつからだろう。
　気づけば、あたりに深い霧(きり)が立ち込めていた。
　ぼんやりとした白いもやのせいで視界が悪い。
　よく言えば幻想的、悪く言えば薄気味悪さを感じる。
「山の天気は変わりやすいって聞くけど……」

弥生が不安そうに窓の外を見る。

「叔父さん、迷子になってないかな……出ていってから、もうだいぶたつよ」

スマホを見ると、もうすぐ1時間が経過しようとしていた。

30分と言っていたのに、倍近くかかっている。

晋哉くんは、ドアに手を伸ばす。

「近くまで来てるだろうし、ぼくちょっと外を見てくるよ」

「大丈夫？　危なくない？」

「晋哉、電話してみれば？　運転してたら出られないかもしれないけど」

「あぁ、そだね」

その手があったか、と晋哉くんは頷き、自身のスマホを取り出す。

画面をタップし、スマホを耳に当てるのとほぼ同時に、運転席のほうで小さなバイブ音が鳴った。

運転席の真うしろに座っていた千尋は、手を伸ばし、着信中のスマホを拾い上げる。

「置いていったのか……」

晋哉くんは、ため息をつきながら電話を切った。

「やっぱ見てくる」

「オレも行くよ」

「オレも」

「えっ」

外に出ようとする男子３人に、千尋はぎょっとした。

「わたしたちを置いていくの？」

　弘毅くんは、視線だけこちらに向ける。

「入れ違いになるかもしれないし、誰かは残ってたほうがいいだろ。叔父さん戻ってきたら、メッセ送って知らせてくれ」

　わたしは、千尋と弥生と顔を見合わせる。

「どうする……？」

「んー……」

　こんな霧の中を歩くのは怖い。

　でも、来たこともない山奥で、車内に女子３人だけ取り残される――それもまた、結構心細い。

　話し合った結果、行くならみんなで行こうと意見がまとまった。

　晋哉くんは、困り顔でわたしたちを見る。

「ほんとに行くの？　キミらは車で待ってたほうが――」

「いい。行く」

　わたしたちが意見を変えないとわかると、晋哉くんはようやく諦めた。

　ドアを開け、数時間ぶりに外に出る。

「わ……すごい霧……」

　なかなかお目にかかれないレベルの深い霧が、あっという間に体を包んだ。

　真夏の日が高い時間帯でも、山の中は涼しかった。

　薄手のパーカー持ってきたの、正解だったかも。

　すぐ戻るだろうし、荷物は置いたまま、スマホだけしっかりポケットに入れて、わたしはドアを閉めた。
「叔父さーん！」
晋哉くんが大声で呼びかけるけれど、返事はない。
彼の声が、反響(はんきょう)するだけだった。
「行こう」
わたしたちは、道なりに歩いた。
周囲を警戒しながら、恐る恐る霧の中を進んでいく。
定期的に声を出して呼びかけてみるものの、一向に返答はなかった。
不気味なくらい、物音ひとつしない。
ここは自然溢れる山の中で、数えきれないほどの動植物が住んでいる場所のはず。
それが、わたしたち以外のすべてが生きていないように、まるで作りもののように感じるのは、どうしてだろう——。
「怖い？」
ふいに声をかけられ、はっとする。
隣を歩いていた龍真くんの手が、優しく頭に触れた。
「大丈夫。何かあったらオレが守るから」
「……うん」
ずるい。
この状況でそんなことを言われたら、ときめかないわけがない。
相手が好きな人だったら、なおさら。
内心浮かれていたわたしだったけれど、弥生の不安げな声で、すぐに現実に引き戻される。

「ねぇ、だいぶ歩いたと思うんだけど……」

弥生は立ち止まり、来た道を振り返る。

「あまり離れすぎないほうがいいんじゃ……」

「……だな」

叔父さんも、霧のせいで車が思うように進められないだけかもしれない。

本当に今さらだけど、霧が晴れるまで、車内で待ってたほうがよかったのかも。

いったん戻ろうと、引き返し始めるわたしたち。

霧は収まるどころか、どんどん濃(こ)さを増しているような気がする。

「方向、こっちで合ってるよな？」

「えっ。弘ちゃん、わかってて進んでるんじゃないの？」

「いや、たぶん合ってると思うけど。こう霧が深いんじゃ、自信なくなってくるっていうか」

弘毅くんの言うことも、もっともだった。

霧が深い上、あたりは木ばかりで、目印になりそうなものもない。

遭難(そうなん)——。

嫌な単語が頭をよぎり、わたしは慌(あわ)てて首を振る。

大丈夫。

別荘は近くにあるんだし、ここは真冬の雪山でもないんだから。

それに、今の世の中、何かあってもスマホさえあれば、だいたいのことはどうにか——……。

「――あれ？」

視界の端に何かをとらえた気がして、わたしは目を凝らした。

「ね、見てあそこ。なんか看板みたいなのあるよ」

指さすと、弘毅くんは眉をひそめる。

「【クマ注意】とかじゃねーだろうな」

「ちょ、やめてよ……」

みんなで近寄ってみる。

「……文字が書いてあるけど、読めないね」

古びたボロボロの小さな板の上に、かろうじて文字らしきものが確認できるけれど、その内容までは読み取れない。

龍真くんは顔を上げる。

「道が続いてる。もしかして、歩き回ってるうちに別荘についたのか？」

その可能性はある。

「行ってみよう」

けもの道のように狭かった道は、次第に広がり、歩きやすくなっていった。

しばらく進んでいくと、前方にぼんやりと、大きな建物が見えてくる。

「おっ、ついたじゃん」

弘毅くんは明るい声を上げるけれど、晋哉くんがすぐに否定する。

「ここ、うちの別荘じゃないよ」

「え？」
　晋哉くんは、訝しげに目の前の建物を見上げる。
「こんな家、近くにあったかなぁ」
　――カシャ。
　隣でシャッター音が鳴る。
　見れば、千尋が建物に向けてスマホを構えていた。
　弘毅くんは、呆れたように言う。
「何してんだ」
「迷子になりかけてるし、念のため現在地の写真を撮っておこうと思って」
「やめとけって。変なの映ったらどうすんだ」
　そう言いたくなる気持ちもわかるくらいに、全貌が見えるようになった建物はボロボロだった。
　弘毅くんは足下を確かめながら、建物に近づいていく。
「……あれ、近くで見ると案外立派な家だな」
「えぇ？」
「お前らも、こっち来てみろよ」
　わたしたちは顔を見合わせ、手招きする弘毅くんの元へと向かう。
　距離が縮まるにつれ霧の影響も少なくなって、よりはっきりしてきた建物は、たしかに豪邸だった。
　大きな窓がずらりと並ぶ洋風の外観は、外国のお城……とは言わないまでも、それに近いものを彷彿させる。
　きれいで、お洒落で、おまけにかわいい。
　一度でいいから、わたしもこんな家に住んでみたい。

「さっき撮った写真と、だいぶ違うんだけど」
千尋は、スマホの画面と目の前にある家を見比べて、困惑している。
「霧のせいだろ」
弘毅くんはさほど気にする様子もなく、玄関扉に近づいた。
「誰かいるなら、助けてもらおうぜ。霧がやむまで……あれだ、雨宿り的なやつ」
迷わず、呼び鈴を鳴らしてしまう。
そのまま待つこと、数分——。
「……留守か？」
「かなぁ」
一歩前に出た千尋が、扉の取っ手を掴む。
すると、扉はなんの抵抗もなく開いた。
「おい——」
中を覗き込む千尋を、弘毅くんは止めようとする。
「明かりついてるよ」
「え」
控えめに開けた扉の隙間から、みんなで中の様子をうかがう。
千尋の言うとおり、豪華なエントランスホールも、その先に続く階段や廊下も、淡い光で照らされていた。
「すみませーん！」
晋哉くんの声が響いた。
すぐに、しん、と静まりかえる。

「どうする？」

「玄関開いてて明かりもついてるなら、誰かしらいる……よな？」

「でも、勝手に入るのはまずいんじゃ……」

「入り口で待ってる分にはいいんじゃない？　誰か来たら、事情を説明すればいいよ」

　何もやましいことはしてないのだから、と弥生は言う。

「んじゃ、おじゃましまーす……」

　弘毅くんを先頭に、わたしたちはぞろぞろと、屋敷の中に足を踏み入れる。

　背後で、玄関扉が音を立てて閉じた。

　上を見れば、煌びやかなシャンデリア。

　床を覆うのは、いかにも高価そうな真紅の絨毯。

　外観からいだいた勝手な期待をまったく裏切らないほどに、屋敷の中は美しかった。

　広すぎるせいか、どことなく、寂しさが漂っている気はするけれど。

「あれ……？」

　弥生が、スマホを見ながら眉をひそめた。

「ここ、電波悪いね。ネット繋がらないよ」

「マジ？」

　各々スマホを取り出し、確認する。

　わたしのスマホも、しっかり圏外になっていた。

　というか、時間もおかしい。画面がバグったように、表示が変になっている。

　こんなこと初めてだ。

「いつからだろ」

「歩いてたときは、繋がってたと思うけど」

「霧のせい？」

「さぁ……」

　晋哉くんは踵（きびす）を返す。

「車に戻って誰もいなかったら、叔父さん電話かけてくるだろうし、繋がる場所にいたほうがいい」

　外に出ようと扉に手をかけた晋哉くんは、そのままピタリと動きを止めた。

「どした？」

　龍真くんは怪訝（けげん）そうに声をかける。

「開かない」

「は？」

　ぎょっとしたわたしたちの視線が、一斉に扉へと集まる。

「おい、冗談言っていい状況じゃないだろ」

「ほんとだって」

　龍真くんが扉を押す。

　たちまち、表情が曇った。

　ほらな、と晋哉くんは肩をすくめる。

「なんで開かないの……？」

　千尋が怯（おび）えた声で言う。

「それに、ずっと待ってるのに誰も出てこないし……」

　ガタガタと、扉の取っ手を掴んで揺らしていた弘毅くんは、小さく舌打ちをする。
「だめだ。仕方ない、ちょっと中を見て回ろう」
「本気で言ってる？」
「他にどうしようもないだろ。待ってても来ねーんだから」
　それはそうだけど。さっきから続いているこの不可解な状況が、足を重くする。
「こんな立派な屋敷だから、きっと金持ちの爺さんが住んでんだよ。耳が遠くて聞こえてないか、もしくは急病で倒れてるとか、そんな感じだろ」
　言うや否や、弘毅くんは屋敷の奥へ向かって歩き出してしまう。
「ま、待ってよ、弘ちゃん！」
　千尋の制止もむなしく、弘毅くんは「平気平気」と言いながら進んでいく。
「ホラー映画で一番最初に殺されるタイプだ」
　ぼそっと呟いた晋哉くんを、千尋はジロリと睨む。
「変なこと言わないで」
「ご、ごめん……」
　見かねた様子の龍真くんが、口を開いた。
「オレも行ってくる。みんなここで待ってな」
「だから、別行動はやめようってば……」
　そうしている間も、弘毅くんの姿は遠くなっていく。
「はぁ……」
　誰からともなく、ため息をついた。
　結局、みんなで急いで弘毅くんのあとを追いかける。

「誰かいませんかー？」

静かな洋館に、弘毅くんの声と、6人分の足音が響く。

エントランスホールの正面には大きな階段があったけれど、わたしたちはそちらには向かわず、長い廊下を歩いている。

弘毅くんが迷わずこっちの道を選んだのは、当たり前なようで、よく考えると不思議だ。

人がいないからって、いきなり他人の家の2階に踏み込むの、ちょっとためらうんだよね。

誰に教わったわけでもないのに、“まずは1階から”って思っちゃうのは、どうしてだろう。

「広いな……」

龍真くんが呟く。

視界に入る物すべてが目新しく感じて、わたしもつい、きょろきょろと見回してしまう。

距離をおいて並ぶブラケットライトが放つ光はささやかなもので、そのせいか廊下の奥行きがわかりにくい。

深い色合いの格天井（ごうてんじょう）と鮮（あざ）やかな赤の絨毯で上下を覆（おお）われたこの空間は、どこまでも延々と続くようであり、また、ある時ふいに終わりを迎えそうでもあった。

わたしたちは進みながら、扉を見かけるたびに、1つひとつ部屋を覗いた。

中には当然、窓がある部屋もあった。

でも、窓は開かなかった。

溶接されているみたいに、ぴったり閉じていて。

窓ガラスも叩いてみたけれど、割れない。

なんだか別の物質がはめ込まれているかのように、中と外をしっかり隔てていた。

依然として、人は見かけない。

「……」

次第に口数が減っていく。

ここは、この家は、いったいなんなんだろう――。

心の中では思っても、口に出せない。

嫌な予感は、予感のままで終わらせたかった。

弘毅くんの言うように、少ししたら気難しそうなお爺さんが出てきて。

玄関や窓が開かなかったのも、ただの気のせいで。

何事もなく、わたしたちは外に出られる。

そうであってほしかった。

ようやく廊下の終わりが見えた。

待ち構えていたかのようなダークブラウンの両開きの扉は、近づいてみると、細やかな装飾が施されているのがわかる。

「開けるぞ」

弘毅くんが両手を伸ばす。

微かに軋(きし)む音を立てながら、重厚な扉が開かれた。

「――っ」

わたしは、思わず鼻を塞(ふさ)いだ。

それくらいひどい異臭が、室内から漂ってくる。

「なんだ……？」
　扉の隙間から部屋の様子がわずかに見えた。
　白い布がかけられた大きな長いテーブル。
　その上には、高級感のあるキャンドルスタンドが並んでいる。
　食堂、かな……？
　見える範囲では、これといっておかしなところはなく、むしろ清潔ささえ感じられた。
　なのに、この場に似つかわしくない、この不快な臭いは何？
　前に進み出た晋哉くんは、無言で扉を閉める。
　それに不満を漏らしたり、中に入ろうと言い出したりする人は、誰もいなかった。
「……玄関に戻ろう」
　晋哉くんは青冷めた顔で呟く。
　とにかく、この場から離れたい。
　それは、みんなも同じなんだろう。
　まっすぐ来た道を戻る。
　自然と、歩みは速まっていく。
「おかしい……絶対変だよ、この家……」
　弥生は泣きそうな顔で言う。
　いつも冷静な彼女ですら、動揺をあらわにしていた。
　——怖い。
　一度言葉にしてしまうともうだめで、得体の知れない恐怖が体の底から這(は)い上がってくる。

心拍数がどんどん上がり、胸が苦しかった。

エントランスホールが見えてくる頃には、もはや歩くスピードではなくなっていた。

勢いのまま玄関扉に駆け寄ったわたしたちは、叩いたり、蹴ったり、どうにか突破を試みる。

しかし、扉はびくともしない。

「くそっ……どうなってんだよ！」

ダンッ！と、弘毅くんが思いっきり拳を叩きつける。

その時だった。

キィ━━━━━━ン。

耳鳴りがした。

頭の奥に響くような、その嫌な音は、収まることなく鳴り続ける。

ズズーッ、ズッズーッ。

それに混ざって、どこからか別の音が聞こえてきた。

何かを引きずるような音は、次第にこちらに近づいてくる。

な、何……？

異常事態を察した体が強張る。

金縛りにあったかのように、この場を動くことができない。

ごくりと、誰かが息をのむ。

わたしたちは固まったまま、音のするほうを凝視した。

音は不規則だった。

ゆっくり1歩進んだかと思えば、よろめくように続けて3歩進んで……正常な足取りをしていないことだけは、たしかだ。

前方の、長い廊下の途中にある曲がり角。

その床に、影が落ちた。

そして——。

「ひっ——」

自分の口から漏れる悲鳴を聞いた。

全身の毛が一気に逆立つのを感じる。

“化け物”——。

姿を現したソレを前に、他に言葉が見つからなかった。

蠢(うごめ)く黒い何かに覆われた体は、絶えず膨張(ぼうちょう)と収縮を繰り返している。そのたびに頭が、腕が、足がありえない形へと変貌(へんぼう)する様子が、遠目からでもわかった。

抱いた忌避感(きひかん)は収まるどころか、どんどん膨(ふく)れ上がっていく。

あまりのグロテスクさに、誰もが言葉を失う中、ギョロリと光る血走った目が、こちらを向いた。

しっかりと、わたしたちをとらえた。

「アアァアアアアアアアアァ!」

建物全体を揺るがすような化け物の咆哮(ほうこう)とともに、天井のシャンデリアが破裂(はれつ)した。

化け物の声に、わたしたちの悲鳴が重なる。

ガラスの破片がバラバラと落ちてきて、エントランスホールが薄闇(うすやみ)に包まれる。

「逃げろ!!」

弘毅くんの声に、はっとする。

化け物が、ものすごいスピードでこちらに向かってくるのが見えた。

激しい怒り、そして殺意。表情なんてわからないのに、迫りくる黒い巨体から、それらが嫌というほど伝わってくる。

気づいた時には、わたしは絶叫しながら走り出していた。

恐怖と混乱で頭がぐるぐる回る中、どこにあるのかわからない避難場所を目指し、必死に手足を動かした。

早く。一刻も早く、ここから逃げないと——……。

「——っ」

背後を確認し、全身から血の気が引いた。

散り散りになったわたしたちを見て、追いかけるターゲットを定めた化け物は、こちらに……。

わたし目がけて走ってくる!

「きゃああー!!!」

なんで。どうして。

問うまでもなく、理由は明白だった。

わたしが一番、足が遅いからだ。

——捕まったら、殺される!

恐怖で滲む涙で、視界がぼやけていく。

呼吸が乱れ、肺が悲鳴を上げる。

どうしよう——。

どうしようどうしようどうしよう!

後方から迫る足音が、息づかいが、徐々に近くなっている。

追いつかれるのも、時間の問題だった。

逃げられない——わたしは、死を覚悟する。

も……もうだめだ……。

殺され——。

ゴッと、重い何かがぶつかり合う音がした。

続けて、何かが砕ける音が廊下に響く。

思わず振り返ると、足を止めた化け物の姿が目に入った。

化け物の足下には、割れた花瓶らしき陶器の残骸が散らばっている。

「奈乃、逃げろ！」

化け物の体越しに、龍真くんが見えた。

ゆらりと身を起こして体勢を立て直した化け物は、わたしではなく龍真くんに狙いを定める。

「龍真く……」

「早く！」

唇を噛んで、わたしは駆け出した。

背後から、化け物の咆哮が聞こえた。

その叫び声が、足音が、だんだん遠くなっていく。

「はぁっ……はっ……」

ぼろぼろと零れ落ちてくる涙を、腕で乱暴に拭った。

うしろを振り返りたい気持ちを堪えて、ひたすら走る。

逃げなきゃ。

これ以上、足手まといにならないように、この場から全力で逃げなきゃ——。

走って、走って、走って。

今、自分がどこにいるのかもわからなくなった。

足が限界を迎える寸前、わたしは一番近くの扉に飛びついた。

中に入り、背中で扉を閉める。

途端に体から力が抜けていく。

立っていられなくなり、ずるずるとその場にへたり込んだ。

「はっ……は……」

涙なのか、汗なのかわからないものが、頬を伝った。

暴れる心臓を抑え込むように、膝をかかえて縮こまる。

「うっ……ぐすっ……」

震えが止まらない。

化け物の姿が、おぞましい叫び声が、頭から離れない。

「どうしてっ……」

わたしは、わたしたちはただ、楽しい夏休みを過ごすはずだったのに。

なんでこんなことに、なってしまったんだろう。

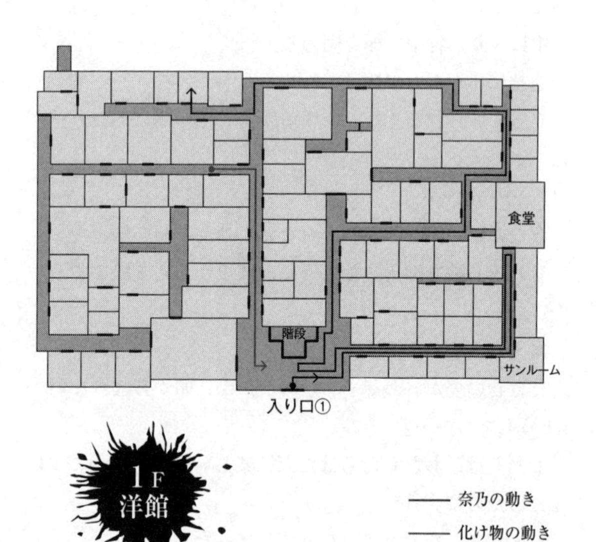

食堂
階段
サンルーム
入り口①
1F
洋館
奈乃の動き
化け物の動き

第２章

壊れたネックレス

どのくらいそうしていたんだろう。

ふいに、小さな振動(しんどう)が体を伝った。

驚いて顔を上げ、反射的にパーカーのポケットに手を伸ばす。

スマホだ。

スマホが、メッセージの受信を知らせている。

いまだ消えぬ恐怖のせいか、はたまた肌寒い室温のせいか、思うように手が動かない。

掴みそこなったスマホは、指の間をすり抜け、床に滑り落ちた。

ゴトッと大きな音が鳴って、ぎくりとする。

でも、次の瞬間には、わたしはスマホに飛びついていた。

待ち受け画面に、千尋からのメッセージが映し出されていた。

【みんな無事？】

受信時間は文字化けしている。

でも、文面から察するに、ここに来てから送られたものに違いない。

ネットは、相変わらず圏外だった。

なのに、なぜかメッセージアプリが使える。

「どういうこと……？」

わたしが考えを巡らせている間に、【なんとか】【平気】と、弘毅くん、晋哉くんからの応答が続く。

スマホを持つ手に力がこもる。

画面から、目が離せなかった。

【無事だよ】

スマホが震え、新たに弥生からのメッセージが加わる。

これで、あと残るは——。

痛いくらいに鼓動が激しくなる。

手の感覚がなくなってきた。

早く。

お願い。

早く、早く……！

必死の祈りをささげ、見守る中、画面が動く。

【大丈夫】

あ——。

その３文字と、送り主の名前が目に入ったのと同時に、張りつめていた緊張の糸がふっとほどけた。

途端に息苦しさを感じ、軽く咳き込んでしまう。

息をするのも忘れて画面に見入っていたと、今になって気づいた。

「よ……よかった……」

龍真くんは無事だった。

ちゃんと生きてる。

本当に、よかった。

呼吸を整えながら安堵に浸っていると、スマホが続けざまに鳴った。

【奈乃は？】

【おーい】

【奈乃】

【嘘……】

【返事しろ】

秒速で更新されていく、新着メッセージ。

「やば――」

返すの忘れてた！

急いでアプリを起動し、無事を知らせるメッセージを送った。

【脅かすな】と、すぐにお叱りの返事が入る。

ともあれ、これで全員の無事が確認できた。

「はぁー……」

わたしは、深く息を吐く。

変な屋敷に閉じ込められて、館内を気持ち悪い化け物が徘徊していて、状況が絶望的なことに、変わりはないけれど。

１人じゃないってだけで、まだ希望が持てる。

わたしは、手の中のスマホを握った。

ありえないことが起こりすぎて、どこか別の世界にでも飛ばされたような気分だったけれど、スマホが使えるとわかると、途端に日常の延長線上にいる気がしてくるから不思議だ。

スマホのおかげで、少しだけ心に余裕が生まれた。

誰だか知らないけれど、ありがとう発明者。

バッテリーは……。

よかった、まだたくさん残っている。

できるだけ消耗しないよう、画面の明るさを調節していると、再びメッセージが届いた。

【なんでこのグループだけメッセのやりとりができるんだろ】

【知らね。でもおかげで助かったな】

千尋、弘毅くんのあとに、晋哉くんが続く。

【罠だったりして】

【罠？】

反射的にわたしは聞き返す。どういうことだろう。

間をおいて、返事があった。

【怪談話でよくあるじゃん。知らないうちに１人増えてたとか、別人に入れ替わってたとか】

「……」

晋哉くんからのメッセージを最後に、会話が途切れる。

わたしも、画面を見つめたまま固まっていた。

まさか、そんなこと――。

絶対ないって言いきれないのが、つらいところ。

相手の顔が見えないから、余計に不安になった。

電話してみる……？

小声でも、音立てるのまずいかな……？

悶々としていると、新たなメッセージが届いた。

【29】

送り主の千尋は続けた。

【念のため本人確認。みんな自分の出席番号言って】

なるほど。

感心しながら、わたしは自分の分を打ちこんだ。

すぐに、トーク画面に６つの数字が並んだ。

見たところ、おかしな回答をしている人はいないみたい。

【とりあえずは大丈夫そうだね】

わたしはそう返信して、ほっと息を吐いた。

となると、次の問題は——。

【みんなどこにいるの？　あの化け物は？】

千尋の問いかけに、返事を送ろうとしたけれど、案の定答えが見つからない。

【適当な部屋に入ったからどこと言われても】

【オレ、化け物巻いて逃げたんだけど、そのあとどこに行ったかはわからない。まだ近くにいるかも】

【この屋敷、かなり広いよ。構造も迷路みたいに複雑だし】

晋哉くん、龍真くん、弥生から送られてきたメッセージの内容を確認する。

わたし自身逃げるのに必死で、どこをどう通ったかなんて覚えていない。

それはみんなも同じようで、自分が今どのへんにいるのか、はっきり答えられる人はいなかった。

顔を上げ、室内を見回す。

こんな部屋だったんだと今さらながら思った。

窓の外から届く、わずかな光だけで照らされた室内は、薄暗い。

使われていない部屋なのか、たいしたものは置いてなかった。

武器になりそうなものどころか、隠れられそうな場所もない。

もし今、あの化け物がここにやってきたら、隠れることも逃げることもできずに、殺されてしまうだろう。

寒気がして、身震いした。

早く、みんなと合流したい……。

メッセージアプリ内では、どこか集合場所に適した部屋はないかと、議論が交わされていた。

各々が立ち寄った場所の様子を、覚えている限り挙げていくけれど、部屋数の多さだけが浮き彫りになる。

さらに……。

【逃げてる最中、和室が続く場所があった。どうやら、こっちの洋館と繋がる形で、和館が存在するみたいだ】

龍真くんからのメッセージを見て、途方に暮れた。

広い。

広すぎる。

逃げ回るだけなら、その広さに喜ぶべきなんだろうけれど、合流を第一の目的としている今は、ちっとも嬉しくない。

【どうしよう？】

千尋からメッセージが届く。

わたしは目を閉じ、考え込む。

現状、全員が把握している場所なんて、玄関かあの食堂みたいな部屋くらいだけど……。

頭の中に、さきほど見た光景が蘇る。

玄関は隠れるところがなくて都合が悪いし、床がシャンデリアの残骸まみれになってしまった。食堂は……ちょっと嫌だ。

そして何より、現在地がわからないのが問題だった。

【各自無理しない程度に周辺を探索して、居場所の手がかりになりそうな情報を送り合おう。で、近くにいる人と少しずつ合流していけばいい】

取りまとめた晋哉くんに、賛成する声が続く。

わたしも【了解】と返事を送り、立ち上がった。

まだ若干強張っている体をぐっと伸ばし、深呼吸する。

心の準備が終わると、振り返って扉と向き合った。

わたしは足が遅いし、きっと下手に動き回らないほうがいい。

でも、ずっとここにいるのも危険すぎる。

せめてもっと広いところか、隠れる場所がありそうなところに移動しないと。

せっかくの決意が揺らぐ前に、わたしは取っ手を掴み、そっと扉を開いた。

息をひそめ、耳をすませてみる。

物音はしない。

わたしは恐る恐る廊下に出た。

左右異常なし。

化け物はいないけれど、みんなも近くにはいなさそう。

わたしだけ、離れたところに来ていなければいいんだけど……。

早くも不安に押しつぶされそうになりながら、一歩ずつ慎重に歩を進めていく。

広く長い、延々と続くような廊下は、自分がどこにいるのか、どこから来たのか、気を抜いた瞬間にわからなくなりそうだった。

扉を見かけるたびに、部屋の中を覗いていく。

いくつ目かの扉を開いた時、あれと思った。

さっきまでいた部屋よりは家具が揃っている。

誰かの個人部屋みたいだ。

わたしは室内に足を踏み入れ、静かに扉を閉めた。

ベッド、本が積んである小さな作業机、広めのクローゼット……うん、この部屋なら隠れることはできそう。

クローゼットを開くと、男物の衣類の他、真っ白い同じ服が何着かしまってあった。

ベッドや机の上はきれいで、埃は積もっていない。つい最近まで、誰かが使っていたように見える。

この部屋の主や家の人たちは、どこに行ってしまったんだろう。

まさか、みんなあの化け物に……？

「はぁ……」

だめだな……。

よくない考えばかりが頭に浮かんでしまう。

暗い気分のまま、机に並んでいる本をいくつか手に取って、開いてみる。
ところどころに載っているイラストを見る限りでは、料理や栄養に関する本っぽい。
「コックさん……かな」
料理人が着るような服もあったし。
机の引き出しの中を確認すると、使い込まれた革表紙の手帳が出てきた。
パラパラとめくってみる。
書かれている文字はインクが滲んだようになっていて、読めないページばかりだった。
「あ、ここは読めそう。えーっと……」
思わず眉間に皺が寄る。
部分的な文字は読めなくもない。
読めるけど、言い回しが妙に古臭いのと、書き手が悪筆なのも相まって目が滑る。
わたしはスマホを取り出して、そのページを写真に収めた。
すぐに送信する。
【こんなの見つけた。読める人ー？】
弥生から返事があった。
そのまま待っていると、解説文が送られてくる。

なんたる光栄だろうか。

今この時のために、自分は料理人になったのだ。

私がこしらえ、手がけたものが、お嬢様の血となり肉となる。
お嬢様が力を存分に発揮できるかどうか、私の腕にかかっているといっても過言ではない。
旦那様も奥様も期待してくださっている。
食材も器具も、好きなように使っていいと仰った。
やつらの悔しそうな顔が忘れられない。
お嬢様に料理を捧げる役目を私が担(にな)うと知った時の、あの羨ましそうな顔が忘れられない。
あぁ、いけない。
料理は作った者の心を映すのだ。
浅ましい考えなど捨てて、お嬢様に尽くすことだけを考えなくては。
我らの主、我らの神に——。

「うわぁ……」
見ちゃいけないものを見てしまったような、そんな気分になった。
でも、弥生が言っているのだから、きっと本当にそう書いてあるんだろう。
神、かぁ……。
なんだか急に、この部屋が気味悪く感じてくる。
ひとまず弥生にお礼を伝え、手帳の続きに目を通した。
けれど、最後のほうまで見ても、書かれているページで読めそうなのは、この部分だけだった。

　わたしは閉じた手帳を引き出しの中に戻し、再び部屋を見回した。
　どうしよう。
　ここで待ってる？
　でも、この“料理人の部屋”じゃ、みんなは見つけにくいよね……。
　部屋の前に目印……は、化け物にも見つかる恐れがあるから、迂闊かも。
　近くの廊下に、何か目立つものがあればいいんだけど。
「ふー……」
　息を整え、わたしは扉を開けた。
　正直、この瞬間が一番怖い。
　静まり返った廊下は、相変わらずだった。
　わからなくならないように、扉を半開きにしておいて、わたしはあたりの探索に出かける。
　と、その時。
　床に、何かが落ちているのを見つける。
　近づいて、しゃがんで拾い上げて。
　本当に、心臓が止まるかと思った。
　落ちていたのは、錆びた銀色のネックレスだった。壊れたのか、チェーンが切れてしまっている。
　でも、わたしの視線は、一瞬で別のものに奪われた。
　目の前に、なんの前触れもなく、足が現れたのだ。
　ブーツから伸びる細い足は、片方に赤黒い何かがこびりついている。

わたしは、ゆっくりと視線を上げた。

男の子が、そこに立っていた。

色白で、くっきりとした目鼻立ちの彼は、この季節に似つかわしくない冬物のダッフルコートを着て、マフラーまでしっかり巻いていた。

ひゅっと喉が鳴る。

今、叫んだらまずい――そんな理性が心のどこかに残っていたのか、かろうじて声を上げずに済んだ。

男の子の視線が下を向く。

男の子は、わたしではなく、自身の両手をしげしげと見た。

《……死んだか》

小さく呟いたあと、ようやくわたしに気づく。

驚いた様子の男の子は、警戒を滲ませる声で言った。

《誰？》

空気が張りつめる。

わたしは何も言えなかった。

頭が混乱して、どうするべきなのかわからない。

だって、この人、どう見ても――。

キィ―――――ン。

「……うっ」

ふいに、聞き覚えのある耳鳴りがした。

体から血の気が引いていく。

まだ記憶に新しい、神経に触るようなその音は、瞬時にわたしの心を恐怖で染め上げる。

アイツだ。

あの化け物が、近くにいる。

なんでこんなときにっ……。

わたしは勢いよく振り返り、後方を、そして前方を確認した。

どこ？

どっちからくる？

やばい、早く隠れないと——。

《こっち》

男の子は音もなく空中を移動する。

歩くように動いているけれど、足は床から離れていた。

こっちって……。

わたしはためらった。

わたしが動けずにいると、振り返った男の子は射るような視線を向けてくる。

《早く。死にたいのか？》

うっ……。

片や、人かどうかもわからない、おぞましい化け物。

片や、一応会話が成り立つ、同い年くらいの少年の幽霊。

どっちから逃げるか、決めるのにそう時間はかからなかった。

「わかった。お願い！」

わたしは、先導する男の子のあとを追った。

できるだけ足音を立てないよう、小走りで廊下を駆ける。

男の子がどこに行くつもりなのか、まるで見当もつかないわたしは、ただただ、彼のあとについていくしかなかった。

耳鳴りはやまない。

化け物は、きっと近くにいる。

「ねぇ！　まだ？」

焦る気持ちから、つい、尋ねてしまう。

《喋るな》

男の子は前を向いたまま、ぴしゃりと言い放つ。

そう言われてしまっては、口をつぐむしかなく。

わたしは喉元まで出かかった言葉を、ぐっとのみ込んだ。

男の子は進むスピードを緩め、廊下に並ぶ扉の先を確認しだした。

本当に幽霊なんだ……。

するりと扉の向こうに消えていくその姿を目にして、なんとも言えない気持ちになった。

そんな男の子が、ようやく足を止める。

《ここの部屋。入って》

問う時間も惜しくて、わたしは言われるまま目の前の部屋に駆け込んだ。

薄紅の絨毯が敷かれた室内には、大きなベッドが２つ並んでいる他、クローゼット、鏡台等が置いてある。

《クローゼットの中》

男の子は指をさす。

入れということらしい。

わたしは、クローゼットを開いた。

中は空っぽだった。

使われていない部屋にしては家具が高価そうだし、もしかしたらここは、お客さん用の部屋なのかもしれない。

わたしはクローゼットの中に入る。

下段は引き出しになってるタイプだから、わたしが入れる部分はそんなに広くはないけれど、人１人くらいならなんとかなりそう。

ところが、ここで思わぬ問題が発生する。

ど、どうしよう。

入ったはいいものの、扉が上手く閉まらない。爪を引っかけて閉じられないかと試してみるけれど、空振りに終わる。

こんな半開き状態で、大丈夫なんだろうか。

あぁ、もう……。

向こう側から、誰かが押してくれればすぐなのに……！

相手が物体をすり抜けてしまう幽霊じゃ、手を借りられそうもないし……。

どんどん強くなる耳鳴りが、わたしの焦りを掻き立てる。

何度試しても、扉は閉まらない。

ガリガリやっているうちに、爪が割れた。

指先に、じんわりと痛みが広がる。

お願いだから閉じてよ……。

悔しくて、情けなくて、泣きたくなってきた。

見かねたのか、男の子は言った。

《仕方ない。一回出て》

　出来の悪い子を見るような目でわたしを見た男の子は、ベッドの下を指さした。
「そこに入るの……？」
《ギリギリいけるだろ》
　ベッドにかかる滑らかなカバーは、床まで伸びている。
　持ち上げて、覗き込むと、若干のスペースがあった。
　廊下のほうから、かすかに物音がした。
　もう、近くまで来てる！
　わたしは急いでベッドの下に潜り込んだ。
　そこに広がる闇の中、より深いところに身を隠した。
　――来た。
　こくりと息をのむ。
　壁の向こう側に、化け物がいるのがわかった。
　耳鳴りがひどい。
　頭を思いっきり揺さぶられているような感覚に、吐き気がしてくる。
　化け物は、走っていない。ゆっくり進んでいる。
　なら、特定の誰かを追っているわけじゃないんだろう。
　このまま、早くどこかへ行って……！
　わたしは両手を合わせ、心の中で必死に祈った。
　ヴゥン――。
　ポケットの中のスマホが、かすかに振動した。
　それが床に伝わり、思いのほか大きな音になる。
　さっと血の気が引いた。
　わたしは、慌ててスマホをサイレントモードに切り替える。

止まっ、た……。

廊下から聞こえる足音が、ピタリと止まっていた。

よかった、いなくなった。

……なんて、ぬか喜びはしない。

だって、耳鳴りは、まだ止んでいないのだから——。

ドクンドクンと、心臓の音が頭に響く。

１秒が何倍もの時間に感じられる中、瞬きも呼吸も放棄して、わたしはじっと床の一点を見つめ続けた。

——ドンッ!!

突如聞こえた、衝突音。

その瞬間、全身を冷たい恐怖が駆け抜けた。

ズズズ……と化け物が動く。そしてまた、ぶつかる音。

化け物が、近くの扉を片っ端から開け始めたんだ！

やばい——。

音が、徐々に近づいてくる。

そして、ついに——。

大きな音を立てて、この部屋の扉が開かれた。

荒い息づかいと布が擦れる音が、耳に届く。

……化け物が、部屋に入ってきた。

わたしは震える両手で口を塞いだ。

カバーの隙間から、目の前を横切る黒いものが見えた。

ギッ——！

化け物がぶつかったのか、音とともにベッドが動き、大きくななめにずれる。

うそでしょ……!?

わたしがいる場所は、まだかろうじて暗闇に包まれているけれど、動揺が収まらない。

なんでそんな、空のダンボール箱みたいに、軽々とベッドを動かすの。

恐怖で歯がカタカタと揺れる。

もし、もし見つかったら——。

その先を考えて、ぞっとした。

いやだ……いや……。

化け物が、再び動き出す。

廊下に出て、次の部屋へ……。

そしてまた、別の部屋へ……。

ゆっくりだけど、確実に、遠くなっていく。

わたしは動けなかった。

化け物の足音が、耳鳴りが、何も聞こえなくなっても、しばらくの間、動けずにいた。

《もういいぞ。出ておいで》

男の子の声がする。

わたしは恐る恐るカバーをめくり、外を覗いた。

男の子はそばにいた。

化け物はいない。

「はぁ……」

ため息と一緒に、嫌な汗がどっと噴き出てきた。

すぐ近くにいた。目と鼻の先に。

　どうにかやり過ごしたけれど、全然生きた心地がしなかった。
　わたしは脱力しかけている手足を動かし、ベッドの下から這い出る。
　貧血みたいに、頭がクラクラしている。
　恐怖と疲労でおかしくなりそうだった。
《鏡がある場所は嫌うんだ。追われたら、そこに逃げるといい》
「そ、そうなんだ」
《でも長居しないだけ。部屋に入ってこないわけじゃないから注意しろよ》
「うん……」
　わたしは、改めて男の子を見る。
　助けてくれた……んだよね？
　幽霊だということを踏まえると、敵なのか味方なのか、判断しかねるけれど。
「ありがとう」
　ひとまず、お礼を伝えた。
　名前を尋ねると、男の子は《恭介（きょうすけ）》と名乗った。
　わたしは自己紹介したあと、
「恭介くんはその……この家の人？」
　どう切り出していいかわからず、思いついたまま聞いてみると、彼は首を振った。
《違う。お前と一緒。ここに迷い込んで、出られなくなって、そしてアイツに殺された》

恭介くんの服には、ところどころ赤黒い汚れがついている。

アイツに殺された——。

恭介くんはさらりと言うけれど、まるで自分の未来を見ているようで、恐ろしくなった。

ふと、拾ったネックレスのことを思い出す。

そういえば、あれを手にした時から、恭介くんが見えるようになったんだった。

「これ、恭介くんの？」

ネックレスを見せると、恭介くんは頷いた。

《そう。逃げてる時に落としたみたい》

「幽霊、なんだよね？」

《だろうね。地縛霊ってやつかな》

地縛霊。

心残りとか、生前の強い気持ちが、魂をこの世にとどまらせるって聞いたことがある。

「——あ、そうだ」

化け物に遭遇したこと、みんなにも伝えなきゃ。

あと、鏡のことも……。

わたしはポケットからスマホを取り出した。

恭介くんは物珍しそうに、わたしの手元を見る。

《何？　それ》

「スマホ」

《……》

「えっと……携帯電話はわかる……？　遠くの人と電話し

たり、メールしたりできる機械」

言いながら、少々疑問に思う。

恭介くん、いつの時代の人なんだろう。

わたしの言葉を聞いた彼は、合点がいったように頷いた。

《あぁ、それならわかる。それが今のケータイ？　ずいぶん変わったんだな》

わたしがみんなにメッセージを送る様子を、恭介くんは食い入るように見つめてくる。

軽くアプリのことも教えてあげると《へぇ》と声が返ってきた。

《そいつらも、今ここにいるの？》

「うん。でもはぐれちゃって」

《ふぅん》

トーク画面には、すぐにわたしを心配するメッセージが並んだ。

みんなも今のところ無事なようで、ほっとする。

けれど……。

「恭介くんは……出られなかったんだね……？」

この屋敷から、あの化け物からは逃げられない——。

そんな、変えようのない運命を突きつけられた気分だった。

わたしも、ここで死ぬのだろうか。

やだよ……まだまだやりたいこと、たくさんあったのに。

「死にたくない……」

消え入りそうな声が、口から出た。

　すると、恭介くんは笑顔を見せる。
　無邪気な、それでいてどこか冷たさを含む笑みだった。
《出られる方法はあるぞ》
「え？」
　思ってもみなかった言葉に、わたしは目を見開く。
「ほんと!?」
《脱出計画は立てていたんだ。記憶が曖昧で詳しい内容までは思い出せないけど、この家の中にヒントがあるはず。条件は同じなんだから、お前らもきっと辿りつける》
「じゃあ――」
　絶望の中に、希望を見つけた。
　でも、そこではたと気づく。
　外に出る方法はある。
　それならなんで、なんで恭介くんは――……。
　黙り込んだわたしの考えを読んだのか、恭介くんは言った。
《ひとつだけはっきり覚えてることがある。その計画、囮が必要なんだ》
　恭介くんは再び笑顔になった。
《誰か１人を犠牲にすれば、他の人は助かるぞ》
　信じられない思いで、わたしは恭介くんを見つめる。
　その言葉が本当なら、恭介くんは……。
「恭介くんが、囮になったの……？」
《足をケガしてたから。丁度よかったんだろうな》
　他人事のように言って、首をかしげた。

《それで？　５人いるんだろ？　奈乃はどいつにする？》

わたしは、ぎょっとして思わず叫んだ。

「しないよ！」

言ってしまってから、慌てて口元を押さえる。

化け物がまだ近くにいるかもしれない。

本当に、気をつけないと……。

わたしは声を潜めつつ、それでもはっきりと告げた。

「囮になんてしないから」

《出られなくてもいいの？》

口の端を歪め、皮肉めいた笑みを浮かべながら恭介くんは言う。

わたしは、とっさに言葉が出なかった。

こんな場所、一刻も早くおさらばしたい。

でも、そのために誰かを犠牲にするなんて、そんなこと、できるわけがない。

「一緒にしないで。わたしたちは、誰も裏切ったりなんかしない」

友達を犠牲にして、自分だけ生き延びるなんて。冗談じゃない。

そんなの、絶対嫌だ。

恭介くんはつまらなさそうな目でわたしを見たけれど、それ以上は何も言わなかった。

ふと、手の中のスマホが光っているのに気づく。

確認すると、晋哉くんからメッセージが届いていた。

【千尋と合流できた。今、１階の渡り鳥が描かれた大きい

絵画がある廊下の近くにいる。この場所わかる人、他にいる？】

渡り鳥の絵……逃げる途中、見かけたような気がする。

２人と合流できるかも。

そっちに向かうと伝えて、わたしは立ち上がった。

部屋を出ようとすると、恭介くんもついてくる。

「……一緒に来てくれるの？」

決別の雰囲気だっただけに、ちょっと意外に思った。

先回りして廊下に出た恭介くんは、すまし顔で言った。

《というか、一定距離以上離れられないみたい》

「え」

ぎょっとして、とっさに持っていたネックレスを手放そうとする。

投げ捨てようとして寸前で思いとどまり、できるだけ丁重に床の上に戻す。

恭介くんの姿は消えない。

そのまま一歩ずつ後退していくと、２メートルも離れないうちに、恭介くんの体が見えない力に引かれるように動いた。

わたしは絶句した。

何これ。

いったいどういうこと。

《取り憑いてしまったのかな》

恭介くんは肩をすくめる。

勘弁してよ……!!

わたしは頭を抱えた。

でも、今はそんなこと気にしている場合じゃない。

幽霊よりもっとやばいやつが、この屋敷にいるのだから。

わたしは床のネックレスを拾い、ポケットに押し込んだ。

だ、大丈夫。

最悪、ここを脱出してから、お寺とかで除霊してもらえばいいし……。

うん、そうしよう。

半ば無理やり自分を納得させ、目の前の問題に集中する。

小さなため息とともに歩き出すと、恭介くんはあとについてくる。

「……ごめん」

なんとなく気まずくて、気づけば謝っていた。

《何？》

「さっきひどいこと言った。恭介くんたちだって、大変だったのに……」

一緒にしないで、なんて。

好きでそうしたわけじゃないだろうに。

きっと、どうしようもなくて、やむを得ずそうなっただろうに。

恭介くんは、涼しい顔で言った。

《別に気にしてない。事実だし》

「でも……みんなでここに来たんでしょう？　知り合いだったんじゃないの……？」

《さぁ》

恭介くんはわたしを追い抜き、先へと進んでいく。

《ずいぶん昔のことだから。もう忘れた》

その声が、ひどく、悲しく聞こえた。

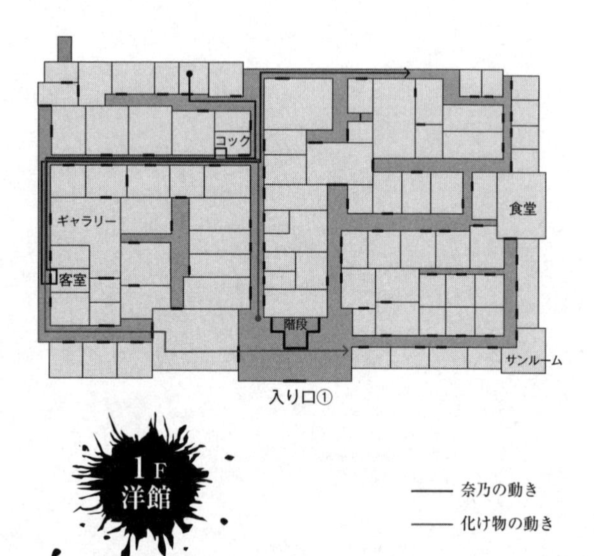

1F
洋館

—— 奈乃の動き
—— 化け物の動き

第3章

揺らぐ心

【絵のとこついたよ】

　周囲を警戒しながら、スマホに文字を打ち込んだ。

　少し間をおいて、前方２つ先の扉が控えめに開く。

「奈乃！」

　顔を出した千尋が、小声で手招きする。

　たまらず、わたしは駆け寄った。

　差し伸べられた千尋の手を取って、そのまま部屋の中に身を滑り込ませた。

「千尋ぉ！」

　会いたかった……！

「大丈夫？　ケガしてない？」

「うんっ」

　抱きしめてくる千尋の体があったかくて、泣きそうになる。

　少ししか時間はたっていないはずなのに、最後に会ったのがずいぶんと昔のように感じた。

「無事でよかった」

　奥にいた晋哉くんも、ほっとした表情を見せる。

「あとは、弘ちゃんたちだね。今どのへんなんだろ」

　千尋は、スマホを確認する。

　晋哉くんも、スマホを取り出した。

「他３人は、まだ誰とも合流できてないみたい」

心配そうに、手元の画面を見つめる2人の傍らで、わたしは右隣を……すぐ横に立っている恭介くんを、ちらりと見た。

恭介くんも、無言で視線を返してくる。

彼のことをどう説明しようか、びっくりして大騒ぎになるんじゃないか、ここに来るまでの間、いろんな心配をしていたんだけど。

《奈乃にしか見えないみたいだな》

恭介くんが喋っても、千尋も晋哉くんも、とくに反応しない。

声も聞こえないんだ……。

わたしが口を開こうとすると、恭介くんはそれを遮るように言った。

《オレのことは黙っておけば？　見えないなら信じてもらうのも大変だろうし、お前もアドバンテージを失いたくないだろ？》

アドバンテージ。

恭介くんから聞いた話が、脳裏によみがえる。

もしかしたら、この先誰かを、友達を、犠牲にしないといけないかもしれない。

それを知っているのは、今、わたしだけ。

やだな……。

なんだか、居心地が悪い。

優越感よりも、罪悪感のほうが強い。

それなら、いっそのこと言ってしまおうか……？

でも、そのことを知ったら、みんなはどうするだろう。
《スマホで文字打てるだろ。オレと話したい時はそれ使えば？》
「……」
わたしはこっそり小さく頷いた。
結局、わたしはみんなに言わない選択をしてしまった。
でも、違う。
アドバンテージとか、そういうのじゃなくて。
恭介くんのことだって、もしかしたら、恐怖から来る幻覚みたいなものかもしれないし。
ただでさえ、いっぱいいっぱいなのに、余計な心配をかけて、混乱を招くのが嫌なだけだ。
ただ、それだけ。
そんな、誰に向けたものなのかもわからない弁解をしながら、わたしは２人から目を逸らした。
その流れのまま、ついでに室内を見回す。
ここは、物置部屋かな。
簞笥(たんす)や木製の箱がたくさん置いてある。
防虫剤か何かなのか、独特の香りが微(かす)かに漂っていた。
奥のほうの、大きな衣装ケースの蓋が開いている。そばに、座布団が山ほど積んであった。
いざとなったらすぐに隠れられるよう、２人が中身を出して準備しておいたのだろう。
わたしの視線に気づいたのか、晋哉くんは言った。
「広さはないけど物があって隠れやすいと思って」

「うん。結構いい場所だと思う」

千尋もスマホから目を離し、会話に加わる。

「ほんとにアイツ、なんなんだろ。真っ黒でさ。生きてる人じゃないよね？」

「じゃあゾンビ？」

「なんでゾンビがこんなところにいるの」

「知らないよ……ぼくに聞くな」

得体が知れない相手に、常識なんて通用しそうにない状況。

悪い夢ならさっさと覚めてくれないかな。

しゃがんでそばの物入れを覗く。

きれいな木目の引き出しを開けると、中には紙に包まれた食器が収まっていた。

まだ全然使えそう。

むしろ、骨董品（こっとうひん）としての価値がかなりありそう。

「ここに来るまでの間、いくつか部屋を見てきたんだけど、最近まで人がいたみたいにきれいだったよ」

晋哉くんの言葉に、思わず首をかしげる。

たしかに、さっき見た料理人の部屋もきれいだった。

でも、それっておかしい。

この屋敷に迷い込んで、あの化け物に殺された恭介くんは、スマホを知らなかった。

彼がここに来たのは、数年前とかじゃなく、もっと前なはず。

誰かが出入りしていて、定期的に掃除をしているんだろうか。

……化け物が徘徊するこの家に？

思わず小さなため息が漏れる。

考えれば考えるほど、わからないことばかりだ。

恭介くんを置いて出ていった人たちは、どうやって逃げたんだろう。

そもそも、記憶が曖昧でよく覚えていないという彼の言葉を、どこまで信用していいのか……。

「どうにかして外と連絡が取れれば、助けを呼べるのに。叔父さんにはメッセを送れない。かろうじて、メッセージアプリ内のぼくらのグループだけ生きてる状態だ」

「このままここにいたら、いつかは殺されちゃうよ……」

「うん……」

わたしの呟きを最後に、室内に沈黙が訪れる。

すると、険しい顔で考え込んでいた晋哉くんが顔を上げる。

「開かない玄関に各部屋の窓。どうして外に出られないのか……その原因がこの屋敷やあの化け物にあるんだとしたら、逃げるだけじゃなくて、もっと情報を集めないと」

晋哉くんの視線は、扉に向かう。

「近くを見てくる。２人はここにいる？」

「せっかく合流できたのに、またバラバラになるの？」

「そうだよ……行くならみんなで行こう」

危険な館内を歩き回りたくはないけれど、ずっと待ってても、助けがやってくるわけじゃない。

自分たちでなんとかしないと。

なら、晋哉くんだけに危険な思いはさせられない。

わたしたちは部屋を出た。

比較的安全そうな場所を見つけては、そこで休憩がてら探索を行い、また廊下を進んでいく。

「いない……」

確かめるように、呟く。

耳鳴りはしないから、すぐ近くにはいないとは思うけれど。

それだって、たしかとは限らない。

千尋たちも同じように耳鳴りが聞こえるらしいから、まったく関係ないってことはないだろう。

でも、信じきって安心するのは早計な気がする。用心するに越したことはない。

前を歩いていた千尋が、こちらを振り向く。

「そういえば奈乃って、２回見たんだよね？」

「うん」

千尋は、言いにくそうに続ける。

「同じだった？」

「え？」

聞き返したけれど、千尋が何を言いたいのか、すぐにわかってしまった。

動揺を抑えながら、わたしはできる限り記憶を辿る。

「ベッドの下に隠れたから……」

　見えたのは足元だけだった。

　同じだったかというと……。

　正直、別のものの可能性は拭いきれない。でも、あんな化け物が何体もいたら、命がいくつあっても足りる気がしない。

　わたしは意見を求め、こっそり恭介くんに目配せした。

　恭介くんは目を閉じ、考え込む。

《覚えてる限りだと、数体同時に出くわした記憶はないかな》

　そうであってほしいという願いを込め、わたしは千尋に伝えた。

「たぶん同じ。化け物は１体だけ」

「そっか」

　少し安心した様子の千尋を見て、申し訳ない気持ちになる。

　ごめんね、千尋。

　人以外という意味では、化け物の他に、幽霊もいるんだけど。

「……おっ。ここ、誰かの個室っぽいよ」

　晋哉くんが、近くの部屋に入っていく。

　わたしと千尋も、あとに続いた。

「本が多いね」

　前に見た料理人の部屋よりもやや狭く、家具も質素で最低限のものしかない。

　机の上と本棚に並んでいる書物の多さが、より目立っていた。

晋哉くんは本を何冊か取り出し、机の上に広げていく。

本には手描きの絵が多く、それを見た千尋は首をかしげる。

「画家の人？」

「にしては画材が見当たらないし、学者とか、研究職の人なんじゃない？」

言われてみれば、絵のほとんどは植物を描いたものだった。

机の引き出しを開けると、筆記用具一式と使い古された手帳が何冊も入っていた。

手帳には、何か書いてあるけれど、インクが滲んで読むことができない。

かろうじて読めたのは、裏表紙に薄緑色のきれいな栞が挟んである手帳の、最後のページだけだった。

知っていることを知られてしまった。

薄い鉛筆で書かれたような、ひっそりとしたその一文は、ただならぬものを感じさせた。

「何か見つけた？」

手元を覗き込んできた千尋は、紙面に並ぶ文字を見て、眉をひそめる。

晋哉くんも顔を曇らせた。

「奈乃が見つけた料理人の手帳にも、【神】とかなんとか変なこと書いてあったよね。この家に住んでいた人たちも、普通じゃなさそう」

　わたしは恭介くんに視線を向ける。

　恭介くんは静かに首を振るだけだった。

　部屋を出て、またしばらく廊下を進む。

　次に見つけたのは、キッチンだった。

　扉を開けた瞬間、食をそそるような香りが漂ってきて、何事かと思った。

　奥に、ステンレス鈑を張った流し台が見える。

　そのそばには、たくさんの調理器具が。

　晋哉くんは、コンロにかかっていた大きな鍋の蓋を開ける。

　ふわっと、白い湯気が舞った。

　中身は、野菜たっぷりのスープ。今まさに作り上げたかのように温かかった。

「氷入ってる！」

　木製の収納棚のようなものを開けた千尋が、驚いた声を上げた。

「それ冷蔵庫じゃない？」

　晋哉くんは屈んで床に触れる。

　床の一部が外れるようになっていて、そこに炭や瓶が収納されていた。

「かなり古い家だね」

　板を戻しながら、晋哉くんは言う。

「龍真の話じゃ、和館エリアもあるらしいし。大正とか昭和初期頃……それまで暮らしていた家に洋館を併設するのが流行った時代があった。その頃のものかな。これだけ大きい家なら、家主はかなりの金持ちだろう」

大事に手入れされてきた古い時代の家が、今も残っている。

それはいいとして、生活スタイルも当時のまま——なんてこと、あるんだろうか。

冷蔵庫とか洗濯機とか、テレビやネットだって、ないと困りそうなのに。

わたしなら絶対、生きていけない。

千尋が怪訝そうに室内を見回す。

「それにしても、この部屋だけちょっと設備が古くない？洋館の中にあるのに、造りが和風に近いのも気になるし」

「料理人が高齢だったのかもよ。実際キッチンを使うのは、家主じゃなくて料理を担当する人なんだから、洋館建てるときに担当者の意見を取り入れたんだよ、きっと。ぼくの婆ちゃんも最新式のシステムキッチンより使い慣れたもののほうがいいってよく文句言ってる」

思い出したように、晋哉くんは苦笑いした。

この屋敷の料理人……。

わたしが見つけた手帳からは、“お嬢様”への忠誠心の他、同業者より優位に立ったことで少々浮かれている様子がうかがえた。

だからなんとなく、お年を召した人というよりは、もう少し若い人なのかと思っていたんだけど。

いや、前任者が高齢だったから、交代する形であの人がここに来たのかな……。

ぼんやり考えながら、わたしは戸棚の中を探る。

……あ。

塩みっけ。

「……」

「何それ？　……塩？」

千尋は首をかしげる。

「身を清めるのに使うこともあるけど……。あの化け物に効くかなぁ？　一応持っとく？」

「うーん……塩をかけられるくらいの距離って、もう捕まる寸前でしょ……生きるか死ぬかの瀬戸際の行動が、それでいいの？」

「やってみないとわかんないよ。目潰しに使えるかもしれないし」

ああだこうだと、千尋と晋哉くんは塩の有効性について議論を交わし始める。

《……もしかして、オレに使うつもりじゃないだろうな？》

恭介くんが、冷めた視線を向けてくる。

わたしはぎくりとした。

「まさか、そんなわけ——」

思わず口に出してしまい、はっとした。

２人が、訝しげにわたしを見る。

わたしは誤魔化すように咳払いし、笑顔を取り繕（つくろ）った。

「だっ、だいたい見終わったよね？　ここ、隠れるところないし、次の部屋に行こ？」

「う、うん」

困惑気味の２人を促し、わたしはキッチンをあとにした。

「あれ、ここ……」

いくつかの部屋を見ながら廊下を進んでいくと、なんだか見覚えのある場所に出た。

ここはたしか、あの時わたしが――……。

「奈乃？　ちょっと、大丈夫？」

「あ、うん……」

千尋に体を揺さぶられ、はっとする。

「ぼんやりして、どうしたのよ」

「ここ、一番最初に来たの」

はっきりと、脳裏に焼きついている。

「玄関から逃げて、化け物はわたしを追ってきて……追いつかれそうになった時、龍真くんが化け物に花瓶を投げつけて、助けてくれたんだけど」

晋哉くんは壁際に視線を向ける。

シンプルな色合いの、壺型（つぼがた）の花瓶は、今もそこに飾られていた。

「花瓶は化け物に当たったし、床に落ちて割れたの。それなのに……」

ここ以外の廊下でも、いくつか花瓶を見かけた。

わたしも、龍真くんがどの花瓶を投げたのかまでは覚えてない。

　でも、あの時、花瓶は割れて、床に破片が散らばったのだ。

　なのに、どうして廊下はきれいなんだろう。

　汚れひとつなく、破片も見当たらないなんて……。

　そんなことある？

　晋哉くんはあたりを見回すと、わたしたちに向き直った。

「ここに来る途中で、安全そうな部屋あったよね？　２人とも、そっちで扉開けて待っててくれる？」

「何するの？」

「実験」

　晋哉くんの言葉に、わたしと千尋は顔を見合わせる。

「いいから、早く」

「う、うん」

　晋哉くんに急かされ、わたしたちは来た廊下を戻った。

　言われたとおり、さっき確認したばかりの部屋の扉を開けて待機する。

　すると、ほどなくして、ガシャン！と大きな音が廊下に響いた。

　ぎょっとして身を乗り出す。

　向こう側から走ってくる晋哉くんの姿が目に入った。

「ちょっと――」

　晋哉くんは、文句を言いかけたわたしたちを片手で制し、部屋の中に押し込んだ。

　うしろ手ですばやく扉を閉めると、小声で言う。

「アイツが来るかも。隠れて」
　来るかもって――。
　これじゃ、呼び寄せているようなものだ。
　困惑しながら、わたしは部屋の奥の物陰に隠れた。
　暗がりの中で、スマホが光る。
　さっきの物音を聞きつけたのか、弘毅くんたちから心配するメッセージが次々と届いた。
　そこに、晋哉くんのメッセージが加わる。
【ぼくが花瓶割った。化け物がくるかもしれないから、しばらくこっちに近づかないように】
　いったい、何を考えてるんだろう。
　尋ねることもできずに、わたしはじっと身をひそめた。
　幸いにも、化け物は近くにはいなかったみたい。
　しばらくして、安全が確保できたとわかると、晋哉くんは物陰から出てきた。
「もう大丈夫そうだね」
「いい加減、説明してよ……」
　千尋は不満げに言う。
「うん。じゃあ、見に行こう」
　晋哉くんに連れられ、部屋を出る。

「なんで……？」
　先ほどまでいた場所に戻ると、どこも変わっていない、きれいで美しい廊下が、わたしたちを待っていた。
　絨毯の上には、花瓶の破片なんて１つも見当たらない。

「どういうこと？　割らなかったの？」
「割ったよ」
　ほら、と晋哉くんは、小さな破片を取り出してわたしたちに見せた。
　破片は、そばの花瓶と同じ色をしている。
「思ったとおり。この屋敷、何かを壊しても全部元の状態に戻るみたいだ。時間がそこで止まってるというか、その状態を維持してるというか……」
　それが何を意味するのかはわからない。
　けれど……。
「じゃあ、玄関の扉を壊して、外に出るのは無理ってこと？」
「んー……」
　晋哉くんは、廊下の奥に視線を向ける。
「花瓶は一度壊れてる。ぼくらが目を離したり、干渉しなくなれば元に戻るんだとしたら、壊して、その状態を維持することは自体は可能なのでは？　まぁ、玄関の扉はかなり頑丈そうだったから、電動ノコギリとか丈夫な斧とか、壊すならそれなりの道具が必要だろうけど」
「斧かぁ……さっき、キッチンに包丁あったよね」
　取りに戻ろうかと提案する千尋に、晋哉くんは首を振る。
「仮に壊せても、出られる保証はない。この家、普通じゃないし。というか、壊してる最中に、化け物に見つかって殺されそう」
　無限に再生する屋敷。
　わたしは、恭介くんを盗み見る。

恭介くんは殺された。

この屋敷や、下手をすればあの化け物も、傷を負っても元に戻るのかもしれないけれど、わたしたちは、そうじゃないんだろう。

ケガは治らないし、致命傷を負えば死んでしまう。

真っ向から化け物に挑んでも、きっと勝ち目なんてない。

わかりきったことだけど、改めてその事実を突きつけられると、気が滅入った。

迷路のような館内を、さらに進む。

歩いているうちに、少しずつだけど、頭の中に地図ができあがっていく。

ふと、弥生のことが心配になった。

真面目でしっかり者の彼女だけど、実はちょっと、方向音痴だったりする。

大丈夫かな……。

考え込んでいると、急に千尋が足を止めた。

彼女の視線は、細い廊下の先にある、ひときわ重厚な扉に向いていた。

「いかにも何かありそう」

千尋が言い、頷き合ったわたしたちは、その先に進もうとする。

《——だめだ》

突然、恭介くんが叫んだ。

《行くな》

「え……」

　また同じ失敗を繰り返しそうになり、慌てて口を噤む。

　すばやくスマホを取り出して、メモ帳アプリを起動した。

【どうしたの】

《あっちは危ない》

　危ない……？

　恭介くんは、いつになく険しい表情を見せる。

　わたしはとっさに、先を行く２人を引き留めた。

「ま、待って２人とも。そっちは、その……なんか、やばそうな気が」

　なんて説明していいかわからなくて、ごにょごにょと口ごもってしまう。

　千尋たちは足を止め、こちらを振り返る。

「やばそうって？」

「何かあるなら、余計に確認しないと」

　２人は進む気満々だった。

「えっと……」

　視線が泳ぐ。

　何か、ちょうどいい言い訳は……。

「……そう、扉！　扉が立派だし、ボスの部屋っぽいというか！　そこは、後回しにしたほうがいいんじゃないかと！」

　晋哉くんは、扉とわたしを交互に見つめる。

「まぁ、そう言うなら」

「じゃあ、場所だけ覚えておこっか」

「う、うんっ」

なんとかやり過ごした。

ほっとしながら、わたしは方向転換した2人のあとに続く。

——これでいいの？

隣を歩く恭介くんを見ると、恭介くんは硬い表情のまま言った。

《……あの部屋、覚えてる。オレ、あそこで死んだんだ》

え——。

《そこで待ってるように言われて、そのまま置いていかれた。化け物が寄りつきやすい場所だったのかも》

そう、だったんだ……。

ボスの部屋っていうのも、あながち間違ってなかったりして。

わたしは振り返り、遠くなっていく扉を見つめる。

でも結局は、あの先に進まなきゃいけない。

何故だか、そんな予感がした。

「——あ、弘ちゃんと龍真くん合流したって！」

スマホを確認すると、2人からメッセージが届いていた。

「【甲冑が3つ並んでる廊下の近く】……わたし、そこ知ってる！」

千尋が明るい声で言う。

「よし、じゃあぼくらも合流しよう」

歩き出したところ、タイミングよく弥生からも連絡が入った。

弥生も、すぐ近くの部屋にいるらしい。

よかった。

ようやく６人で集まれそう。

「早く行こう」

わたしたちは先を急いだ。

わたしは初めて通る場所だったけれど、千尋は迷うことなくどんどん進んでいく。

先導は彼女に任せて、わたしと晋哉くんは、化け物の気配を見逃さないよう注意を払った。

「もうすぐだよ」

千尋はそう言うと、同じ内容をメッセージで送った。

前方に、甲冑が見えてくる。

その近くの部屋の扉が、ゆっくりとわずかに開いた。

「弘ちゃん！」

顔を出した弘毅くんは、ほっとしたような表情になる。

「お前ら無事かー」

わたしたちを部屋の中に招き入れ、弘毅くんは素早く扉を閉めた。

「えっ、弥生どうしたの!?」

部屋に入るなり、千尋が驚いた声を上げる。

弥生は、困ったように笑った。

「ちょっと、ケガしちゃって……」

手に、血が滲んでいた。

それを、龍真くんが手当てしている。

「大丈夫？」
「うん。尖ったところに引っかけて切っちゃっただけ」
　千尋は駆け寄り、心配そうにケガの具合をうかがう。
　弥生は、たいしたことないからと慌てた。
　彼女の白く細い手に、丁寧にハンカチが巻かれていく。
　わたしは、自分の心がざわつくのを感じた。
　龍真くんと弥生の距離が近い。手と手が触れ合っている。
　視界に映るそれらに、少なからずショックを受けているのだと気づく。
　見たくない――。
　それでもわたしは、一瞬たりとも目を離せずにいた。
「……はい、終わり。応急処置だからあまり動かすなよ」
「ありがとー」
　龍真くんは優しく笑いかけ、弥生も笑みを返す。
　それが、まんざらでもなさそうに見えて、胸が苦しくなった。
　――お似合いだ。
　弥生はスタイルもよくて美人だから。
　なんでもできて、異性にモテる２人だから。
　並んでいると、すごく絵になる……。
　そんなの、今に始まったことじゃないのに、わたしはどうして、こんなにも惨めな気分になっているんだろう。
《あいつにすれば？》
　耳元で、恭介くんが囁(ささ)いた。
　ドクン、と心臓が鳴った。

あいつにする――。

なんのことか、聞くまでもない。

恭介くんは、わたしの気持ちに気づいたのだろう。

その上で、弥生を囮にすることを提案している。

わたしは、2人から目を逸らした。

自分がどんな顔で2人を見ていたのか、知りたくもなかった。

《仕方ないこともあるんだよ、奈乃》

恭介くんのものか、自分自身のものか、はたまた別の誰かのものか――わからない声が、頭の中に響いた。

仕方ない。

それが、被害を最小限にとどめるために、必要なことなら。

耳が、笑い声のようなものを拾った。

知らない誰かが笑っている。不思議と、気持ちが掻き立てられる。

そうだよ。

このまま、全員ここで死ぬくらいなら……。

1人犠牲にすれば、そうすれば、みんなでここから出られるかもしれない。

みんなで――……。

口の中に、血の味が広がった。

それだけ強く、唇を噛みしめていたらしい。

でもおかげで、我に返った。

わたしは、思い出したように瞬きする。

笑い声は消え失せていた。

ううん、そんなもの最初からなかったに違いない。

何やってるんだろ、わたし……。

目を伏せ、小さく息を吐く。

スマホを取り出し文字を打って、恭介くんに画面を見せた。

【みんなでここから出るの】

その“みんな”には弥生も入っている。

当たり前のことなのに。

一瞬でも、迷った自分が情けない。

わたしはもう一度、小さなため息をついた。

冷静になるべきだよ。

目の前にケガをしている子がいて、見て見ぬふりするほうが人としてどうかしてる。

なのに、嫉妬だなんて。

──わたし、嫌なやつだ。

友達なのに、ケガをした弥生を心配する前に、嫉妬して。

龍真くんに手当してもらえる彼女を羨ましく思って。

本当に、嫌なやつ。

「──さて。今後のことだけど」

晋哉くんの声で、はっとする。

わたしが1人、自己嫌悪に陥っている間に、作戦会議が始まろうとしていた。

まずは、別行動をしていた間に得た情報を、改めて共有することになった。

　屋敷の再生について、晋哉くんがまとめて説明していく。

　弥生は、何かを考え込むように押し黙った。

「信じられない？」

　晋哉くんが声をかけると、弥生は首を振った。

「ううん。それより、この屋敷と化け物の関係がなんだか気になって」

「関係？」

「わたしたちをここに閉じ込めてるのは、あの化け物だと思ってた。でも、今のところ、わたしたちの居場所がばれてる様子はないでしょ？　化け物は適当に館内を徘徊して、見つけた相手をその都度襲ってる。化け物は、この屋敷を完全に支配してはいない」

「単純に、そこまではできないだけじゃね？」

　意見を述べる弘毅くんに、龍真くんが続く。

「元から不可能なのか、本当はできるけどやっていないのか……どっちだろうな」

　うーんと、晋哉くんは唸(うな)る。

「できるけどやっていないとすると、考えられる理由は３パターンかな。１つは、ぼくらが簡単に捕まるとつまらないから。化け物はこの狩りを楽しみたくて、まだ本気を出していない。２つめは、そこまで考えが及ばないから。もともと知能が低いのか、あるいは冷静な判断力を失っているのかわからないけど、“屋敷を使って獲物の居場所を調べる”って方法に思い至らない」

３つめは？と、わたしは尋ねる。

「３つめは、弥生が言ったとおり。屋敷は化け物の支配下にあるわけじゃなくて、互いに独立した存在の場合」

晋哉くんが、こちらを見る。

「奈乃、ちょっと千尋にビンタしてみて。できるだけ強めに」

「なんで!?　やだよ」

慌てて拒否するわたしを見て、晋哉くんは笑う。

「こんな感じ。ぼくらは仲がいい友達だし、今は同じ目的をもって行動してるけど、かといって奈乃がぼくの言うことをなんでも聞いてくれるわけじゃないだろ？」

千尋が、引きつった笑みを浮かべる。

「それだと、まるで屋敷が生きてるみたいじゃん……」

どうなんだろう。

わたしは思わず天井を見上げる。

意思を持った屋敷。

何か考えがあって、わたしたちを好きにさせているとしたら、自分の存在がこうして話題にあがっているのを、どんな気持ちで聞いているのやら……。

「とりあえず、今のところ化け物がオレらの居場所を感知できないのは間違いないんだ。状況が悪いほうに変わらないことを祈ろう」

龍真くんの言葉に、みんな頷いた。

引き続き、情報共有を進める。

弘毅くんたちも探索をしている間に、この屋敷に関する情報を得ていたらしい。

　浮かない表情で口を開いた。
「この家に住んでたのは、まじないを生業（なりわい）にしてる特殊な一族だったらしい。中でも娘は別格で、人々は彼女を神と崇めていたって」
「まじない……」
「昔のことだろうから。その力とやらも、どこまで信憑性があるかわからないけどな。とにかく、ここには卑弥呼様みたいなのがいたんだよ」
　オカルト話なんて、普段のわたしだったら絶対信じないだろう。
　でも、ここに来てからの出来事を考えると、一族の力も本物だったのではと思えてくる。このおかしな屋敷も、それで説明がついてしまう。
　千尋はげんなりした様子で言った。
「じゃあ何？　アレはそのお嬢様が召喚（しょうかん）した化け物？　それとも彼女のなれの果てとか？」
「それはわからん」
「とにかく、ぼくらは閉じ込められてるんだ。玄関と窓以外の脱出経路か、化け物を倒す方法を早いとこ見つけないと」
　晋哉くんはスマホを持ち直す。
「まだ探してないところもあるよね？　少しでも情報が欲しい。ひととおり見て回ったほうがいいと思う」
　そう言いつつも、晋哉くんは全員で動くべきか否か、迷っているようだった。

「みんなで探したほうが早いよ。それに、もうバラバラになるのは嫌」
　千尋の意見に、わたしも同意した。
「……わかった。みんなで行こう。でも、万が一、化け物に遭遇したら、各自逃げることに徹して。無事であることが一番重要なんだから」
　みんな、しっかりと頷く。
「それじゃ、次に行く場所だけど……」
　龍真くんが、思い出したように口を挟む。
「逃げてる時、和館のほうも行ったって話したよな。こっちの洋館と違って、向こうは結構生活感があったから、何かヒントがあるかも。調べようとも思ったんだけど、構造上あまり長居できそうになくて」
　たしかに、障子１枚で仕切られた和室じゃ、化け物に気づかれる危険性も高そうだ。
「広さは？」
「かなり広い。だから走って巻けないことはない。ただ、隠れられるところは少なそうだった」
　千尋も口を開く。
「エントランスホールに階段あったよね。誰か２階行ってみた？」
　みんな、首を振る。
「あと、さっきの怪しげな扉の先も……」
　行くべきところは結構あった。
　話し合った結果、まずは２階を探索することに。

そうと決まればさっそく行動開始だ、と弘毅くんが扉に手を伸ばす。

「……大丈夫だ、いない」

慎重に、廊下に出る。

みんながいるだけで、ずいぶんと心強くなった。

本当に、これがただの肝試しだったら、どんなによかったことか……。

「あの、龍真くん」

わたしは、前を歩く龍真くんをこっそり引き留める。

「助けてくれてありがとう。龍真くんがいなかったら、わたし……」

捕まって、殺されて。

今頃、ここにいなかっただろう。

生きていられるのは、龍真くんのおかげだ。

「あぁ、うん」

龍真くんはそう言うと、すぐに視線を逸らし、みんなのあとを追って歩き始めた。

あ、れ――。

龍真くんは笑っていたけれど、その笑顔が、妙によそよそしくて。

自分に向けられたものだと受け入れるまで、時間がかかった。

なんで……？

胸の奥が、鈍く痛む。

きっと気のせいだ。もう１回話しかけてみればわかる。

　自分に言い聞かせるけれど、勇気が出ない。確かめるのが怖い。
　恭介くんが、わたしを見てくる。
　心配そうというよりは、面白がっているような目の色だった。
「奈乃ー？　何してるの、早く行こうよ」
　千尋が、わたしを呼ぶ声がする。
「うん……」
　行かなきゃ……。
　千々に乱れる心のまま、わたしはみんなを追いかけた。

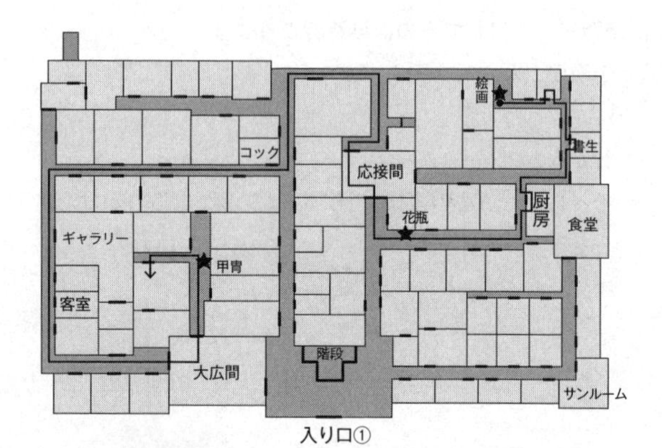
絵画
書生
コック
応接間
厨房
食堂
花瓶
ギャラリー
甲冑
客室
階段
大広間
サンルーム
入り口①
—— 奈乃の動き

1F
洋館

第4章

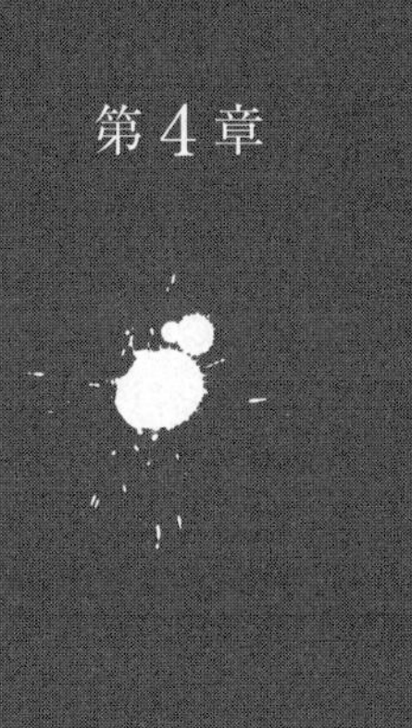

たとえわたしが裏切らなくても

２階に行くためには、エントランスホールにある階段をのぼらなくてはならない。
あそこに行くたびに、外に出られないという現実を突きつけられるし、何より見つかりやすいから、あまり進んでいきたい場所ではないけれど……。
再び訪れたエントランスホールは、やっぱり、きれいさっぱり元どおりの状態になっていた。
砕け散り、絨毯の上に降り注いだシャンデリアの残骸(ざんがい)も消えている。
わたしたちは、まっすぐ２階に向かわず、先に周辺の部屋を確認してまわった。
万が一の時に、身を隠せる場所を確保しておかないと。
「……使えそうなのはここだけか」
弘毅くんは、エントランスホールを出てすぐの場所にある扉を、渋い顔で閉じながら続ける。
「追われながら下りてきた時、逃げ込むにはここはちょっとなぁ……」
わたしは、階段からその部屋までの短い経路を目でなぞった。
「近すぎて、そこに入ったのバレバレだよね」
あの化け物が、どのくらいの知能を持っているのかはわからない。

でも、部屋に入っていくのを見られたら、さすがにアウトな気がする。

晋哉くんは、おもむろに上を見上げた。

天井から物音は聞こえてこない。

今は２階にはいない……ってことでいいのかな。

「上がどうなってるかわからないし、オレ、先に行って付近を確認してこようか？」

「ぼくも行くよ」

「おう。じゃあ、大丈夫そうだったらメッセ送るから」

龍真くんと晋哉くんは、階段をのぼっていく。

すぐに死角に入り、姿が見えなくなった。

そわそわと、落ちつかないまま、待つこと数分。

スマホに龍真くんからメッセージが届く。

【大丈夫。みんな来ていいよ】

ほっと、ため息がもれた。

「よし。行こう」

弘毅くんが言い、わたしたち４人も２階へと向かう。

龍真くんたちは、階段をのぼりきった先の物陰に身をひそめていた。

合流すると、晋哉くんは小声で言う。

「とくに変わった様子はない。相変わらず部屋がたくさん」

「ひとつずつ見ていくか……」

手がかりを求め、果てしなく続くような廊下を歩き出す。

目ぼしい部屋はなかなか見つからなかったけれど、しばらくして、ようやく期待が持てそうな扉を発見する。

その扉には、鍵穴があった。

ただ、鍵がかかった状態らしく、開けることはできなかった。

「頑張れば蹴破れそうだぞ」

言いながら扉を足でつつく弘毅くんを、千尋が慌てて止める。

「そんな大きな音を立てたらまずいって」

「でも、鍵がどこかにある保証もないだろ……」

弘毅くんは千尋を見て、言葉を切った。

「何？」

「ピッキング。それ使って開けられねーかな」

と、千尋がつけているヘアピンを指さした。

千尋は困惑する。

「そういうのって、ちゃんとした知識がいるんじゃないの？適当にやって開く？」

うーん……。

たしかに、あまり現実的ではなさそう。

弥生は冷静に口を挟んだ。

「どんな用途の部屋なのかにもよるだろうけど。家主さんか使用人の一番偉い人なら、スペアキーくらい持ってるんじゃないかな」

「なるほど」

とにかく、ずっとここにいるわけにもいかない。

現状、開けられないのだからということで、その部屋はあと回しになった。

２階の探索を続けていくと、突き当たりにまた気になる扉を見つける。

すんなり開いた扉の先は、どうやら書斎のようだ。

奥にあるどっしりとした大きな両袖机が、存在感を放っていた。

机の上は片づいており、本や書類もあるべきところに収まっている様子から、部屋主の性格が想像できる。

「家主の仕事部屋か？」

弘毅くんの言葉に頷きながら、わたしは室内を覗め見る。

「これ、全部調べるの？」

壁に沿って置かれた本棚は、ぎっしり本が詰まっていて、千尋は絶望の表情を浮かべる。

龍真くんは、そのうちの１冊を手に取って開いた。

「……読めないな」

パラパラとめくり、すぐに閉じてしまう。

そういえば、料理人たちの手帳。

あれも、読めないところがほとんどだった。

「家族写真だ」

弥生はためらいながら、机の上に置いてあった、複数の写真立てのうちのひとつを手に取る。

白黒の写真に、きれいに着飾った数人の姿が写っていた。

その全員の顔が、黒い何かで、ぐちゃぐちゃに塗りつぶされている。

見れば、他の写真も同じような有様だった。

晋哉くんが、弥生の手元を覗き込む。

「真ん中が例の娘？」

「たぶん」

幼い女の子のそばに、父親らしき人と母親らしき人が寄り添っている。

背景はこの屋敷だった。

晋哉くんは顔を上げ、ぐるりと室内を見回す。

「手分けして、さっさと調べてしまおう」

ここは２階の一番奥。

室内には死角がほとんどない。

隠れられるとしたら、机の裏側くらいだけど、そこも、６人で隠れるには狭すぎる。

あの化け物が来ないことを祈り、各々担当場所を決めて、わたしたちは作業に取りかかった。

わたしは、本棚の一部の調査を担当した。

本を取り出しては、中を確認して、戻して、また本を手に取る。

読めないものがほとんどだから、思ったほど時間はかからない。

古い本特有の甘い香りにも、だんだん鼻が慣れてくる。

作業が半分ほど終わった頃。

弥生が、みんなを呼んだ。

「ねぇ、こんなのあったよ」

机の周辺を調べていた彼女は、手帳を取り出していた。

弥生の元に駆け寄りながら、わたしは尋ねる。

「また日記？」

「うん。読めるとこ、ひととおり読んでみたんだけど。前半はうじうじ暗いのに、途中から急に明るくなってるの」

わたしたちは机のまわりに集まり、みんなで手帳を覗き込んだ。

弥生は、真面目な顔で言う。

「一族は特殊な力を持ってるって話だったよね。でも、その力は時代とともに薄れていってて、この人の時には、信仰も冷めつつあったみたい」

一族の力は弱まり、人々は彼らに対して畏怖（いふ）の念を抱かなくなってしまった。

人並みの生活はしていたみたいだけど、歴史ある家系のプライドなのか、それに満足していないのが文面から伝わってくる。

「……で、ここ」

弥生は、ページをめくる。

娘が生まれた。

それを知った時、腕に抱いた時、私は確信した。

これは神からの贈りものだ。

この子が、我が一族の救世主になる。

やるべきことは大いにある。

すぐに準備を始めなければ。

そして、さらにページを進めていくと……。

あの子は、私の思い描いたように育ってくれた。
町の者たちは驚いている。噂を確かめようと、屋敷に足を
運ぶ者が増えた。
思う存分、見せてやった。
皆、あの子を崇めて帰っていく。
これだ。
これこそが、私が求めていたもの。
我が一族は、ここに再建するのだ。

　弥生いわく、そんな内容が書かれているらしい。
　この文章を最後に、読めるページは途絶えていた。
「娘だけが特別だった。廃れかけていた一族を再起させるくらいの力を持った娘……」
　晋哉くんは、浮かない顔で言った。
「どうも胡散臭いんだよなぁ。先に見つけた他の手帳の件もあるし」
「あの【知っていることを知られてしまった】ってやつ？」
　千尋に、晋哉くんは頷いてみせる。
　わたしは言葉に出しながら、頭の中を整理していく。
「力は偽物だったんじゃない？　何かトリックがあって、一族が娘を神に仕立て上げていた。それは機密事項で、この屋敷に住む人間も、全員が知らされているわけじゃなかった」

「あっ、ドーピングは？　なんかやばい薬で、無理やり能力を上げるの」
　自信ありげに千尋が言う。
　うーん、と龍真くんは首をかしげる。
「そんなことできるなら、とっくに自分に使ってそうだけどな。この家主やそれまでの一族の人間にも、一応力はあったみたいだし。それなのに、ずっと燻(くすぶ)ってたんだろ？」
　龍真くんの言葉に、弥生は顔を曇らせる。
「体がおかしくなるとか、それなりのリスクがあったのかも。それで、みんな躊躇(ちゅうちょ)してたのに、この人は、自分の娘を……言い方は悪いけど、“実験”に使ったとも考えられるよ」
　弘毅くんは頭をガシガシとかいた。
「でもよ、こいつ娘が生まれてから準備に取りかかってるぞ？　少なくとも、最初から自分の子どもを実験材料にするつもりはなかったみたいだ」
「そう、だね」
　わたしは呟き、手帳に視線を落とす。
　生まれた娘を見て思いつき、すぐに行動に移している。
　なら、その時点で、方法に何かしらの心当たりはあったんだろう。
　でも、自分たちにも、生まれてくる子どもにも、最初は使うつもりはなかった——。
　やっぱり娘は特別で、その子である必要があったってこと？

　わたしはスマホを取り出し、恭介くんに話しかけた。
【何か思い出した？】
　恭介くんは首を振る。
　うーん……。
　恭介くんがもっと覚えていてくれれば、もう少し調査も捗（はかど）るのに……。

　中断していた作業に戻り、しばらくすると、今度は晋哉くんが声を上げた。
「鍵あった」
「えっ」
　晋哉くんは、イスにかかっていた背広を手にしていた。
　ポケットから、古めかしい鍵が出てきたらしい。
「さっきの部屋の鍵じゃないかな」
「絶対そうだよ！」
　わたしは笑顔で太鼓判を押す。
　ここは家主の使っていた部屋みたいだし。
「さっそく見に行こうぜ」
　歩き出そうとする弘毅くんに、わたしは慌てた。
「ごめん、わたしまだこっち全部見終わってなくて……」
「わたしも……」
　困り顔の千尋と目が合い、２人で苦笑いする。
「じゃあ、ぼく手伝うよ。終わったらすぐ向かうから、３人は先に行って部屋を確認しててくれる？」
「おう」

弘毅くん、龍真くん、弥生は、書斎を出ていく。

ややあって、スマホに【開いた】とメッセージが届いた。

やっぱり、あの部屋の鍵で合ってたみたい。

早いとこ、ここの調査を終わらせて合流しないと。

――ん？

手に取った本の中を見ると、帳簿みたいだった。

詳しくはわからないけれど、日付ごとにページが分かれているようで、人の名前のようなものがずらっと並んでいる。

棚には、それと同じ本がいくつもあった。

「その日の仕事の記録か何かかな……」

本を見せると、晋哉くんは棚に目を移す。

「年代順に並んでるなら、後半、仕事が増えたってことだね。娘の宣伝効果か」

たしかに、来訪者が増えたって、さっき見た手帳にも書いてあった。

わたしは、帳簿をパラパラとめくる。

「見た感じ、倍以上増えてる気がするんだけど。まじないって、どんなことするんだろ。そんな、次々とやれるものなのかな」

「家主も力はあったんでしょ？　奥さんもあるのかもしれないし、みんなで手分けしてたのかもよ」

と、千尋も会話に加わる。

わたしは、なんだか釈然としなかった。

「でも、みんな娘を崇めてるんだよ？　まじないをお願いするなら、順番待ちしてでも、娘本人にやってほしくない？」

「んー、たしかに」

晋哉くんは腕を組む。

「もしかしたら、仕事いっぱい押しつけられて、相当激務だったかもね。それで、ストレスたまりまくって、ある時限界を迎え、怒りのまま暴走……なんてどう？」

「いやいや、ちゃんと真面目にやってたとは限らないよ？」

千尋は目を閉じる。

「手が回らなくなってきて、だんだん適当にやるようになったの。で、町の人たちに『インチキだ』って言われ始めて。娘が『そんなに言うなら、見せてやるよ！』ってブチ切れた結果、化け物爆誕——……こうじゃないかな？」

なんて、勝手なストーリーを展開しているうちに、書斎の探索が無事終わった。

ささやかな達成感。

でも、休んではいられない。

「それじゃ、行こうか」

わたしたちは書斎を出て、例の部屋に向かおうとする。

すると——。

うっ、と千尋が小さな声を漏らす。

わたしも、瞬時に背筋が凍りついた。

キィーーーーーン。

またた。

また、あの耳鳴りがする。

「どこ……？」

「下の階？」

　廊下は、しんと静まり返っている。

　ふいに、前方の扉が開いた。

　弥生が、怯えた表情で顔を出す。

　わたしたちは、３人のもとに駆け寄った。

　開くようになった扉の先には、またしても大量の書物が待っていた。

　どうやらここは書庫のようだ。

　弘毅くんは声を潜めて言う。

「ここも隠れられる場所がない。手遅れになる前に離れるぞ」

　耳鳴りは止まない。

　どこかに、アイツがいる。

　わたしたちはまっすぐ階段を目指した。

　先頭の龍真くんが振り向く。

「一度に下りないほうがいい。時間差で下りよう」

　その時だった。

　わたしたちが発したものではない物音を、耳が拾う。

「まずい――」

　階段から離れるよう、晋哉くんは身振りで指示を出す。

「ウ……ァ……」

　耳に届いた、呻き声。

　近くに、いる。

　じわじわと、恐怖が膨れ上がっていくのを感じた。

全身に冷や汗を滲ませながら、一歩ずつ、階段から遠ざかる。

ゆっくり、ゆっくり、慎重に——……。

ギッ——。

千尋が踏んだ床が、小さく軋んだ。

さっと青ざめる彼女。

化け物の足音が、止まった。

「……」

嫌な間があく。

そして——。

次の瞬間、激しい音が響いた。

雄叫(おたけ)びにも似た声を発しながら、化け物が階段をのぼってくる！

「逃げろ！」

誰かが叫んだ声は、瞬く間にかき消された。

地鳴りのような音がして、廊下の壁に亀裂(きれつ)が入り、照明が次々と落ちる。

「きゃあー!!」

わたしは無我夢中(むがむちゅう)で駆けた。

闇に包まれた廊下に、悲鳴と、足音と、破壊音が響く。

いろいろなものが混ざって、ぐちゃぐちゃで。

もう、自分がどこにいるのか、何をしているのか、わからなくなる。

《奈乃、ここ！》

恭介くんが呼ぶ声がする。

わたしは言われるまま、その扉の先に転がり込んだ。

１秒にも満たない時間の中で室内を見回し、いつかと同じようにベッドの下に潜り込む。

冷たい床も、そう感じないくらいに指先が冷えていた。

寒さからくるものではない震えが、体を襲う。

ありがとう、恭介くん……。

震える体を両腕で抱きながら、わたしは彼に感謝した。

足が遅いわたしがみんなと同じ動きをしていたら、すぐに捕まる。

はぐれてしまったけれど、間違いなく、これが自分にできる最善の方法だった。

お腹の奥に響くような破壊音は続く。

このままじゃ２階が崩落（ほうらく）してしまうのでは――。

そんな焦燥（しょうそう）に駆られるけれど、かといってわたしにそれを止める術（すべ）はない。

目も、耳も、口も。

全部全部塞いで、じっと堪えるしかなかった。

やがて音は聞こえなくなった。

室内に、静寂が訪れる。

「……行った、かな？」

ベッドから顔を出すと、廊下の様子を確認してくれた恭介くんが小さく頷いた。

ほっと、安堵（あんど）の息が漏れる。

わたしはスマホを取り出した。

　メッセージは入っていない。みんな、無事に逃げられただろうか……。
《近くにはいないけど。出られるうちに、出たほうがいいぞ》
　同感。
　立ち上がり、扉に向かおうとすると、ぐらりと視界が揺れた。
　わたしは、慌てて足に力を入れる。
《大丈夫か？》
　頷いて見せるものの、度重なる緊張と恐怖は、確実にわたしの体力を削っていた。
　寝不足だったせいもあって、かなり疲労が溜まってきてる。
《ここはそれほど安全じゃない。もう少しだけ頑張れ》
　近づいてきた恭介くんは手を伸ばす。
　感触はない。
　けれど、どうやら、頭を撫でてくれてるらしい。
「ありがと……」
　なんだか妙に恥ずかしくなってきて、わたしは少し、俯いた。
「大丈夫だよ」
　恭介くんの手が離れる。
「……どうかした？」
　自身の手のひらをじっと見つめていた恭介くんは、いや、と首を振った。
《行こう》

「うん」

ゆっくり深呼吸して、もう一度、扉に向かう。

廊下に出たわたしは、一直線に階段を目指した。

そのまま、多少の音は気にせず、一気に駆けおりる。

とにかく、安全な場所へ。

広さがあって、鏡があって、隠れられるところ。

そうだ。

一度6人で合流した、あの部屋なら――……。

キィーーーーーーン。

「――っ」

突如(とつじょ)耳鳴りが復活して、わたしは慌てて足を止めた。

どこ？　どこにいるの？

肩で息をしながら、あたりを見回す。

息が切れかけている。もう長くは走れない。

わたしは近くの扉に駆け寄った。

「だめ……ここもだめ……」

よりにもよって、こんな時に、ちょうどいい部屋が見つからない。

扉を掴む手が、次第に乱暴になっていく。

早く。

早く隠れないと……。

「こっちだ！」

そばにあった扉が開き、弘毅くんが顔を出した。

はっとして、わたしはその部屋の中に駆け込んだ。

「向こう、隠れられるから」

「うんっ」

物の並ぶ奥のほうへ。

隙間に収まると、近くにあった布を手繰り寄せて、頭上を覆った。

外から、足音が聞こえる。

ドンドンと、近くの扉に体当たりしているような音もする。

ざっと見渡した限り、この部屋に鏡はなかった。

他に選択肢がない以上、仕方ないけれど。

化け物が入ってきたら、かなりまずいことになる。

ドンッ！

部屋の扉が、大きな音を立てた。

わたしの心臓も大きく飛び跳ねた。

手が、体が、小刻みに震える。

その震えが外に伝わらないよう、縮こまった。

音が遠ざかっていく。

時折大きな音を立てるけれど、こっちに戻ってくる気配はない。

耳鳴りが、消えた。

いなく、なった。いなくなったけど……。

あと何回、これを繰り返さなきゃいけないんだろう。

ううん。

あと何回、何事もなく逃げきれるだろう……。

ガタッと、かすかな物音がして、続いて弘毅くんの声がした。

「行ったみたいだな……大丈夫か？」

「う、うん……」

　布を取り払い、わたしも外に出た。

「助かったよ……ありがとう」

「おう。他のやつらは、みんなばらけちまったかなぁ」

　弘毅くんは渋い顔でスマホを取り出す。

【化け物巻いた。今１階のどっかの部屋。奈乃も一緒】

　弘毅くんがメッセージを送ると、ややあって返事があった。

【わたしも１階】

【ぼくも】

【結構遠くまで来たかも。弥生といる】

「みんな、２階は脱出できたみたいだな」

　ほっとする弘毅くんの横で、わたしは複雑な思いを抱いていた。

　２人、一緒にいるんだ……。

　また、胸の奥が痛んだ。

　気にしないようにしようとすればするほど、余計に気にしてしまう。

　恋人でもないくせに、まるで居場所をとられたような気分になっている自分に、嫌気がさしてくる。

　小さなため息をつき、わたしはスマホの画面を見つめる。

　メッセージを介して各自の状況を確認したところ、現在地を把握できているのは晋哉くんだけだった。

　結局また、探索しつつ集合場所を目指すことになる。
「そういえば、書庫の探索どうだったの？」
　尋ねると、弘毅くんは「あぁ」と頷いた。
「意味わからない本がたくさんあったぞ。まじないとやらに関係する本だろうな」
「えぇー……」
　一族の秘伝書が眠る部屋ってことなんだろうか。
「あ、でも、それなら化け物を退治する方法も見つかるんじゃない？」
「かもなぁ」
　そう言いつつ、弘毅くんの表情は晴れない。
「全部調べるのは大変そうだ。てか、見たところで、オレたちに理解できんのかな」
「そうだよね……あれ？」
　ふと、弘毅くんが持っているものが気になった。
「その本、どうしたの？」
「ん？　あぁこれ？　急だったから。うっかりそのまま書庫から持ってきちまった」
　文庫本ほどの大きさの古びた本を手に、弘毅くんは笑う。
　経年劣化によるものなのか、表紙に書かれた文字は掠(かす)れてしまっていた。
「ふぅん」
　とにかく行こう、とスマホと本をポケットに押し込み、扉へ向かって歩き出す弘毅くん。
　その拍子に、何かが落ちた。

「あ、落としたよ」

小さな音を立てて床に落ちたのは、可愛らしいクマのキーホルダーだった。

手を伸ばそうとすると、その前に弘毅くんが拾い上げる。

「わりぃ」

弘毅くんは笑ってそう言うと、キーホルダーをポケットに押し込んだ。

なんか意外……。

そういうイメージないのに。

千尋からもらったのかな？

ぼんやり考えながら、部屋を出る弘毅くんのあとを追いかけようとして、ふと足を止める。

恭介くんが、険しい顔であたりを見回していた。

【どうしたの？】

気になって、スマホで話しかける。

恭介くんは、苛立ちと戸惑いが混ざったような顔になる。

恭介くん……？

返事を待っていると、恭介くんはようやく言った。

《……オレら、4人でここに来たんだ。あのキーホルダー、見覚えがある》

恭介くんは目を細め、先に廊下に出ていった扉の向こうの弘毅くんを睨んだ。

《オレが奈乃と話してるように、あいつらも話してるかもな》

ドクンと、大きく心臓が鳴った。

反対側から、扉が開く。

なかなか出てこないわたしを心配したのか、弘毅くんが顔を覗かせる。

「どした？」

「あ、うん、今行く……」

「大丈夫か？　顔真っ青だぞ」

「ちょっと、疲れただけ。大丈夫……」

顔が引きつる。

笑顔って、どうやるんだっけ。

なんだか急に、目の前の友人が、知らない人のように思えた。

《気をつけろ》

恭介くんの声がする。

《お前がみんなを裏切らなくても、こいつはみんなを裏切るかも》

そんなはずない——。

少し前までは言いきれた言葉が、言えなくなっていた。

激しい動揺の中、わたしは部屋の外へと足を踏み出した。

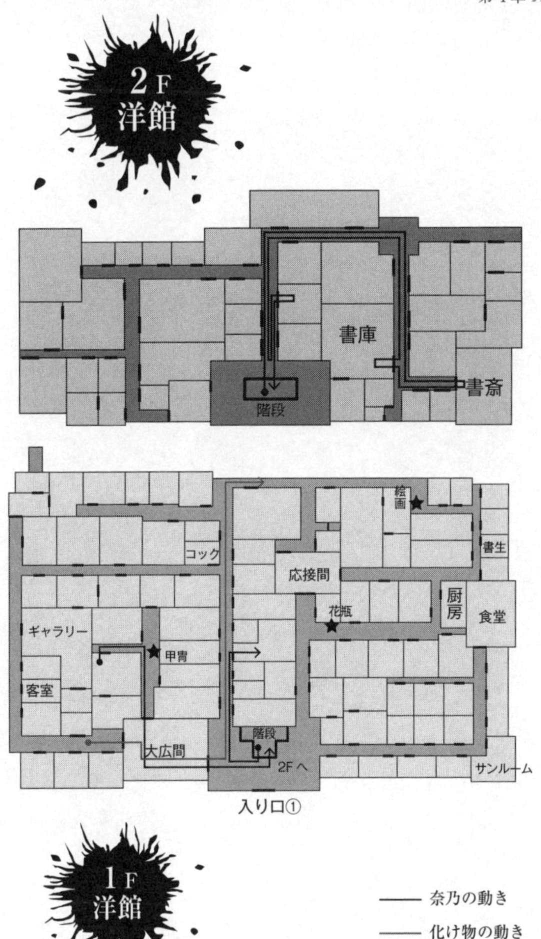
2F
洋館
書庫
書斎
階段
絵画
書生
コック
応接間
厨房
食堂
花瓶
ギャラリー
甲冑
客室
階段
大広間
2Fへ
サンルーム
入り口①
1F
洋館
奈乃の動き
化け物の動き

第5章

信じるか信じないか

「なぁ、本当に大丈夫か？」
　チラチラと、こちらの様子をうかがいながら弘毅くんは尋ねてくる。
「え、な、何が？」
「何がじゃないだろ」
　ついには足を止めてしまった。
　わたしも、慌てて立ち止まる。
「具合悪いなら、もう少し休んでからでも……」
「平気！　なんともないよ！」
　精一杯の笑顔を作った。
　けれど、自分でもわかるくらいに不自然な顔になっている。
　さっきから、ずっとこんな調子。
　わたしってば、まさかここまで演技が下手くそだったとは……。
《もう少しなんとかならないわけ？》
　傍（かたわ）らの恭介くんは、わたしの大根役者ぶりを見て呆れている。
　うぅ……。
　これでも一生懸命頑張ってるんだよ……。
　だいたい、恭介くんが変なこと言い出すから——……。
　内心ため息をつきながら、表情筋に鞭（むち）を打って口角を上げた。

弘毅くんも、見えない誰かと話をしているかもしれない。

恭介くんの言葉は、わたしの心に重くのしかかった。

どうしても、嫌な考えばかりが浮かんでくる。

だって、相手は、恭介くんを囮にした子たちの可能性が高いわけで。

恭介くんが覚えていないという例の脱出計画の詳細も、知っているかもしれない。

弘毅くんはわたしの知らないことを知っていて、すでに何かしらの準備を進めているかもしれないのだ。

わたしは何も知らずに、その時が来て初めて気づいて、それで……。

思考はどんどん悲観的なほうへ向かう。

どうして。

わたしたちの敵は、この屋敷と、あの化け物のはずなのに。

なんで味方を、友達を、疑わないといけないの。

わたしは弘毅くんと距離を保ちつつ、スマホで恭介くんに話しかけた。

【それより、幽霊同士なのにお互いの姿が見えないってどういうこと？】

普通は見えるものじゃないの？

……いや、普通ってなんだろ？

《知るか。オレだって、死ぬのも幽霊になるのも初めてなんだよ。なんでもわかると思うな》

それはそうだけれども。

恭介くんは仏頂面で言った。

《まぁ、オレは奈乃に取り憑いてるような状態みたいだから。奈乃が見えない、聞こえないものは、オレにもわからないってことなんじゃない？》

なるほど？

わたしは、こっそり弘毅くんの様子をうかがう。

恭介くんのネックレスは、ポケットの奥にしまったままだ。

一度も出してない。

たぶん、見られてないはず。

わたしたちのことは、まだ気づかれていない——と思いたい。

【あとさ、あの本何？】

さっきはとくに気にしてなかったけれど。

状況が変わった。

弘毅くんがうっかり持ち出したっていう本、超あやしいよ……。

《さぁ？　オレは知らない》

オレ“は”、か……。

すぅっと、音もなく進み出た恭介くんが、弘毅くんの正面にまわるのを見て、わたしはぎょっとした。

何してるの！

ハラハラしながら見守るが、恭介くんに穴が開くほど見つめられても、弘毅くんはまったく気づかない。

——本当に、見えてないんだ。

そして……。

もしかしたらわたしも、今誰かに、同じように見られているかもしれない、と。

小さなため息が漏れる。

もう……。

なんで2人きりになっちゃったんだろう。

「あ、ここの部屋、まだ見てないよね？」

タイミングよく見つけた未探索の部屋に、わたしはそそくさと駆け寄った。

部屋に入ると、独特の香りがした。

弘毅くんも、確かめるようにスンと鼻を鳴らす。

「保健室みたいな部屋だな」

住み込みの、かかりつけ医でもいたんだろうか。

白を基調とした清潔感のある部屋の中、書類に埋もれている机と、ベッドがひとつに、薬品が並んでいる棚が多数。

弘毅くんはまっすぐ机に向かい、まわりを漁り始める。

わたしは、棚のほうを調べることにした。

中に錠剤や液体が入っている瓶がたくさんある。

当たり前だけど、よくわからない薬品ばかり。

引き出しの中は、注射器などの治療具が入っていた。

「……」

どうせ、部屋を出れば元に戻るし……。

いくつか拝借して、さっとパーカーのポケットに押し込んだ。
「――あのさ、奈乃」
「は、はいっ！」
　急に声をかけられ、大げさなほどに体が飛び上がる。
　弘毅くんは、こちらに背を向けたままだ。
「オレ、ずっとお前に言いたかったことがあって」
「な、なんでしょう……⁉」
　応じながら、わたしはさりげなく退路を確認し、そして青ざめた。
　最悪だ。
　出口までの距離は、わたしも弘毅くんも同じくらい。
　すなわち、今この場で“何か”があっても、運動神経で劣るわたしは彼から逃げられない。
　すでに袋のネズミだった。
「こんな時に言うのもアレなんだけどさ。なかなか、２人きりになる機会もないから」
　泳いだ目は、とっさに棚のほうへ向いた。
　さっき開けた引き出しの中に、メスみたいなものが入っていたはず。
　どくんどくんと、心臓が速い鼓動を打つ。手に、汗が滲んだ。
　わかっている。そんなものでは、体格差がある弘毅くんに敵うわけがない。
　でもないよりは、ないよりはマシだから……！
　半ばヤケになりながら、わたしは引き出しの取っ手を掴み、来るかもしれないその時のために備えた。

　間をおいて、弘毅くんが言う。

「ありがとな」

「──へ？」

　思わず声が裏返る。

　それは、予想していたどの言葉とも違って、わたしは呆気にとられた。

　弘毅くんは、動かしていた手を止め、くるりと振り向く。

「千尋のこと。仲良くしてくれてありがとう」

　千尋？

　話がまったく見えない。

　頭の上に疑問符が浮かぶ。

　弘毅くんは再び作業に戻りながら続ける。

「オレとあいつ、仲いいから。そのせいで中学の頃、一部の女子に陰で虐（いじ）められてたんだ。『男好き』って」

「え……」

　小さなため息が聞こえた。

「知ってのとおり、ああいう性格だろ？　『面倒くさいから女友達なんていらない！』ってずっと言ってたんだけど。でも、高校入って……奈乃や弥生といる時は楽しそうだから。だから、お前らには感謝してる」

　そんなこと、まったく知らなかった。

　でも、簡単に想像できてしまった。

　千尋は男女問わず、誰が相手でも同じように接する子だけど。

弘毅くんは派手で目立つし、中学でも絶対人気があっただろうから。

彼と気兼ねなく話せる千尋は、余計にヘイトをかったんだろう。

理不尽な理由で責められるのって、残念なことに割とよくある。

しかも、その相手が気に入らない存在をとにかく叩きたいだけの人だった場合、たとえ批判された言動を直しても、また別のことで責められて、結局なんの解決にもならないことが多い。

他人に嫌われないように生きるのって、本当に難しい。

“好き”じゃなくて“普通”でもいいのに、絶対誰かには嫌われてしまうように、世の中はできてる気がする。

「……本当に仲いいんだね」

好きで一緒にいただけなのに。

まさか弘毅くんにお礼を言われるとは。

「まぁな」

長い付き合いだから、と弘毅くんは笑う。

わたしは……わたしは、みんなと知り合って、たかだか４カ月程度だけど。

「わたしもみんなと仲良くなれてよかったよ」

入学後、すぐに体調崩して学校休んで。

ようやく登校できるようになったと思ったら、もうすでに仲良しグループが完成していて。

始まって早々、「終わった」と思った。

そんな時、話しかけてくれたのが千尋と弥生だった。

嫌なこともそれなりにあるけれど、今も毎日学校に通えているのはみんなのおかげ。

わたしも、みんなに感謝してる。

だから——。

「……絶対、みんなでここを出ようね」

「おう」

いつもと変わらない、弘毅くんの、はきはきとした声。

わたしは、彼の背中をじっと見つめた。

横から、恭介くんの視線を感じる。

わたしはそれに、気づかないふりをした。

「……ん？　これ、診察の記録か？　あと、また日記みたいなの出てきたぞ」

はっとして、わたしは弘毅くんのもとに駆け寄った。

「読める？」

「部分的になら。ほら、ここととか」

数日以内に、結論を出さなくてはならない。

今の医療技術では、到底望む結果は得られないだろう。

それに、問題は傷そのものじゃない。

お嬢様が、自ら傷つけてしまったこと。今回の件で露わになった反抗心を、旦那様は見過ごすまい。

私がどんな診断を出そうと、もうお嬢様の未来は決まっているに違いないのだ。

なんて嘆かわしい。なんと哀れな。

几帳面な字で、そう書き残されていた。
「“お嬢様”が、ケガをした……？」
「あぁ。それで、“旦那様”が怒ってるみたいだ」
「自傷で反抗……神様って言われるのが嫌になって、自殺しようとしたのかな……」
何がそこまで彼女を追い詰めたんだろう。
「これを見る限りでは、いい未来は待ってそうにないよな。家主は、神を意図的に作り上げた。だけど、自分の娘が言うことを聞かなくなってきて、嘘がバレる前に始末しようとした……ってとこか？　でも、殺してどうするんだ？　神を失って、また一族の権威が元に戻るだけだろ」
「そう、だよね……」
何もそこまでしなくても。
弘毅くんの手が、さらにページをめくっていく。
「読めるのはそのくらいだな。棚のほう、なんかあった？」
「ううん。手がかりになりそうなのは何も」
弘毅くんは手帳のさっきの部分を写真に収め、メッセージで共有する。
すぐに、みんなから各々の考察文が送られてきた。
それを眺めながら、ふと思う。
改めて読み返すと、今日１日のトーク履歴、かなりカオスだ。
いつかこれを見て、“こんなこともあったよね”って笑える日が来るのかな……。
弘毅くんは手帳を閉じ、元の場所に戻した。

「次の部屋、行くか」
「うん」

「弘毅くんはあの化け物の正体、なんだと思う？」
　廊下を進みながら、何気なく尋ねる。
　少し考えるそぶりをしたあと、弘毅くんは言った。
「今のところ、最有力候補は娘かな」
　わたしも、そんな気がしている。
　どうしてあんな化け物が誕生したのか。
　家主をはじめ、他の人たちはどうなったのか。
　疑問は尽きないけれど。
　弘毅くんが、次の扉に手を伸ばす。
「――うっ」
　扉を開けた瞬間、吐き気をもよおす異臭が漂ってきた。
「おい、これ――」
　部屋の中に、人が倒れていた。
　いや、“かつて人だったもの”だ。
　助けを求めるように、片手を部屋の奥へと伸ばした状態で床に倒れていたのは、白骨化した死体だった。
　体は、そんなに大きくない。
　きっと、わたしたちとそう年齢の変わらない、子どもだ。
　骸骨(がいこつ)が身に纏(まと)っている服は、しみ込んだ体液で黒く染まっていた。
　背中に、切り裂かれたような跡がある。
　一部は、食いちぎられたかのように欠けていた。

生まれて初めて目にする屍は、あまりに凄惨で、わたしは込み上げる胃液を必死にこらえた。
《亜希(あき)……》
呟くような声に、はっとする。
恭介くんは、ぼんやりとした目で、遠くから遺体を見下ろしていた。
「昔、オレたちみたいに迷い込んだ人がいたんだろうな」
そう言うと、弘毅くんは扉を閉める。
「あんま見ないほうがいい」
弘毅くんは来た廊下を引き返し、さっきいた医務室に入っていった。
すぐに、白いシーツを持って戻ってくる。
再び扉を開けると、１人、部屋に入っていき、遺体にシーツをかぶせた。
ここからじゃ、背中しか見えないけれど。
彼は今、何を思っているんだろう。
わたしは部屋の入り口で弘毅くんのうしろ姿を見守りながら、スマホを取り出した。
【この子が、恭介くんと一緒に来た子？】
《そう。あのキーホルダーの持ち主》
恭介くんは、冷めた声で言う。
《まさかとは思ったけど。結局、あいつも逃げきれずに死んだのか》
弘毅くんは、遺体のそばを離れない。
迷い込んだ人、か――。

さっき、彼はそう言った。

でも、遺体の服はボロボロで、それだけでは時代や個人を特定できそうにない。

この屋敷の中で正体不明の遺体を見つけたら、まずはかつて暮らしていた住人である線を考えるのが普通じゃないだろうか。

やっぱり、弘毅くんは……。

【どんな子だったの？】

恭介くんは、記憶を辿るように遠くを見る。

《要領悪くてどんくさいやつだった。元気だけが取り柄みたいな。ま、無害そうなのはフリだけで、実際は、大事な時に人を裏切る最低なやつだったわけだけど》

「……」

ずいぶんな言いようである。

わたしは、部屋の中に視線を戻した。

シーツに包まれ、見えなくなった亜希ちゃんの遺体。

目に焼きついた、痛々しく惨(むご)いその姿を思い浮かべ、聞かずにはいられなかった。

【本当に、裏切られたのかな】

恭介くんはむっとして、苛立った声を上げる。

《実際オレは囮にされて、こうして死んでるんだけど？》

そうだけど。

でも……。

【恭介くんも見たでしょ？　あの子、左手に瓶と包帯抱えてた】

ちょうどさっき、医務室で似たようなのを見た。

あの瓶はたしか、消毒液が入ったものだ。

【化け物に追われてるんだよ？　どっちも、逃げるのには必要ないものなのに。持つなら、もっと武器になるようなものを持てばいいのに】

わたしは、パーカーのポケットに触れた。

膨らんだポケットには、さっき医務室から持ってきたガーゼと包帯が入っている。

だから。

亜希ちゃんも同じ気持ちだったんじゃないかって、思ってしまう。

【あれ、恭介くんのために取ってきたんじゃないの？　あなたが、友達が、ケガをしていたから】

死ぬ間際になっても、決してそれを手放さなかった彼女は、本当に悪い子なんだろうか。

《知らねぇよ》

恭介くんは、吐き捨てるように言った。

《一緒に脱出しようとしてた他の２人がケガして、そっちに使おうとしてたのかもしれないだろ》

恭介くんの言うことも一理ある。

あれこれ想像したところで、結局は、本人たちにしかわからないことだ。

これはもはや、過去のこと。

彼らは死んでしまって、尋ねることはできない。

……普通なら。

【じゃあ、聞いてみようよ】

恭介くんの表情が変わった。

正気かと、その目が言っている。

でも——。

わたしは信じるよ。

自分の友達も、あなたの友達も。

わたしは、大きく息を吸った。

「弘毅くん」

俯いていた弘毅くんは、はっと顔を上げる。

「あ、わりぃ。ずっとこんな部屋、いたくないよな」

立ち上がる彼に、わたしは言った。

「わたし、幽霊が見えるの」

「え？」

弘毅くんの顔に、驚きが浮かぶ。

言っちゃった。

もう、あと戻りはできない。

「少し前にネックレスを拾ったら、昔、この家で、同じような目に遭って殺されたっていう、男の子の霊が見えるようになった。ねぇ、弘毅くんも、そうなんじゃないの？」

弘毅くんも、彼女が——。

「『亜希ちゃん』が、見えてるんじゃないの？」

弘毅くんの目が見開く。

視線は、わたしの横を通りすぎ、何もない空間へ向かった。

ややあって、再び目が合った彼は、小さな声で言った。

「『恭介』……？」

　やっぱり！

「見えるんだね？　亜希ちゃんが、そこにいるんだね？」

「あぁ」

　弘毅くんは大きなため息をついた。

　がくりと頭を下げ、脱力すると、和らいだ表情で顔を上げる。

　そして、ポケットからあのキーホルダーを取り出した。

「奈乃が拾ったやつ、ちょっと貸してくれる？」

　わたしは恭介くんのネックレスを渡した。

　受け取った弘毅くんは、室内をぐるりと見回す。

「……見えないぞ？」

　わたしは、そばの恭介くんに視線を向ける。

　恭介くんは『知らない』とでも言いたげに、肩をすくめた。

　試しに、わたしも亜希ちゃんのキーホルダーを借りてみた。

　けれど、結果は同じだった。

「最初に手にした人しか見えないのか……」

　取り憑いているようなものだと、恭介くんが言っていたのを思い出す。

　ちょっと不便だけど……。

　無理なものは仕方ない。

　気を取り直し、本題に入るべく弘毅くんと向き合った。

「亜希ちゃんに聞きたいことがある。ここに迷い込んだ時のこと。あなたたちは情報を集めて、この屋敷から脱出する計画を立てた……ここまではいい？」

弘毅くんが頷いたのを確認し、話を続ける。

「聞きたいのは、その計画の中身。恭介くんは……みんなに囮にされたって言ってる。他の子たちが生き延びるために、ケガをした自分を囮にしたんだって」

弘毅くんは、困惑しながら宙を見つめた。

表情から緊張が伝わってくる。

わたしはじっと、返事を待った。

再び目が合った弘毅くんは、はっきりと言う。

「違うそうだ」

「そっ、か……」

強張っていた体が、ふっと楽になる。

そうじゃないかと思っていたけれど、あくまでわたしの考えでしかなかったから。

でもこれで、ようやく確信が持てた。

「ちゃんと、全員で逃げるつもりだったらしいぞ」

弘毅くんは、亜希ちゃんの話を聞かせてくれた。

恭介くんのケガがひどかったから、無理させたくなくて彼に待機するようお願いして。

動けない恭介くんの代わりに、情報を集めて、作戦を立てて。

そして、実行に移した彼女らは死んでしまった。

失敗してしまったのだという。

亜希ちゃんは、謝罪の言葉を繰り返した。

すぐ戻ると言ったのに。

包帯持っていけなくて。

苦しいままずっと待たせてしまって。

結局戻れなくて。

ごめんなさい——と。

亜希ちゃんもまた記憶が曖昧で、すべてを覚えているわけではなかった。

どういう計画だったのか、どうして失敗してしまったのか、わからないらしい。

恭介くんは、黙って話を聞いていた。

誤解が解けて、彼も少しは救われただろうか。

そう思っていたんだけど——。

《オレは信じないから》

「え——」

《肝心の中身を覚えてないのに、『はいそうですか』って信じられるわけないだろ。裏切る計画だったのかもしれないし、本当は覚えていて、忘れたふりをしているだけかもしれない》

「恭介くん……」

会話は聞こえずとも、わたしたちの間の不穏な空気を察したのか、弘毅くんは尋ねてくる。

「どした？」

「え、えっと……」

不機嫌な恭介くんに睨まれながら、わたしは彼の意見を伝えた。

「そっか……」

弘毅くんは、どうしたものかと悩み始める。

「裏切ってないって、オレは思うぞ。オレ、亜希に『恭介を探してほしい』って頼まれてたんだ。この屋敷のどこかにいるかもしれないからって」

なぁ？と、弘毅くんは同意を求めるように宙を見た。

恭介くんをどの部屋に待機させたかも、亜希ちゃんは覚えていなかったらしい。

わたしは恭介くんがいた場所を教えてあげた。

弘毅くんは頷く。

「なるほど。扉が分厚くて、安全そうだったから、きっとそこにしたんだろう——って」

《安全そう？　ばっちり死んでるんだけど。しかも餓死（がし）とかじゃなくて、化け物に殺されたんだけど》

恭介くんは恨（うら）めしげに言う。

伝えると、弘毅くんは眉を下げた。

「でも実際、丈夫そうな扉だったんだろ？」

「うん……」

「……亜希は、計画が失敗したときの、怒り狂った化け物の姿を覚えてるらしい。凶暴化したアイツにとっては、扉の強度とか関係なかったのかもしれないな」

いったい、どんな計画だったんだろ……。

わたしたちも、そんな危ない賭けをしなきゃいけないの？

せめてもう少し情報があれば、大きなヒントになるのに。

「――そうだ。もうひとつ、聞きたいことがあった。書庫から持ち出した本あるでしょ？　あれ何？」
「あぁ、これな」
　と、弘毅くんは本を取り出す。
「亜希が見覚えあるって言うから。重要なんじゃないかと思って、確保しておいたんだ」
「見ていい？」
　弘毅くんから本を受け取り、パラパラめくってみる。
　うっ――。
　文字がぎっしり書いてあった。
　あと、ところどころに魔法陣みたいな絵が載っている。
「時間かかりそうだから、読むにしても安全な場所に移動してからのほうがいいと思うぞ」
「……だね」
　わたしはため息をつき、本を返した。
「恭介くん、いろいろ思うところはあるだろうけど、とりあえず亜希ちゃんのこと信じてみない？　覚えてないのは恭介くんも一緒でしょ？　記憶が足りなくて、裏切られたって思い込んでるだけかもしれないよ」
　恭介くんはそっぽを向いた。
　これはもう完全に、他人を信用しなくなっている。
「恭介くん……」
《奈乃、お前こそ、もう少し冷静に考えろよ。こいつ、ずっと亜希の存在を隠してたんだぞ？》
「そうだけど。それについては、お互い様だし……」

　わたしも恭介くんのことを隠していた手前、強く咎める気にはなれない。
　弘毅くんはわたしの視線を追い、見えない恭介くんに向けて尋ねた。
「つまりその、計画の詳細がわかれば、信じてくれるんだよな？」
「そうみたい」
《……頭を使うのは『美果瑠』の担当だった。たぶん、計画を立てたのもあいつだろ》
　わたしは、恭介くんの言葉をそのまま弘毅くんに伝えた。
　弘毅くんは腕を組む。
「脱出できなかったなら、亜希たちみたいに無念のまま幽霊になって、まだこの屋敷の中にいる可能性があるな」
「うん」
　とにかく残りの２人を探そう――と、言いかけたその時。
　耳に、甲高い悲鳴が届いた。
　はっとして、わたしたちは声のしたほうを見る。
「今の、千尋じゃねーな」
「じゃあ――」
　弥生だ……！
「化け物が近くにいるのか」
　弘毅くんはスマホを取り出す。
　タイミングよく、スマホにメッセージが入った。
「弥生！」
　画面には【たすけて】と短い文字が並んでいる。

声が聞こえたということは、そう遠くないところにいるんだろう。

耳鳴りは、まだしてないけれど……。

弘毅くんは周囲を警戒しながら、メッセージを送る。

【どのへんだ？　化け物がいるのか？】

次に届いたメッセージを見て、わたしは目を疑った。

【ちがう】

【龍真くんが急に】

また、悲鳴が聞こえた。

「近くにいる！　行くぞ！」

「う、うん！」

龍真くんが——。

その文字を頭の隅に追いやりながら、わたしは走り出した弘毅くんを追いかけた。

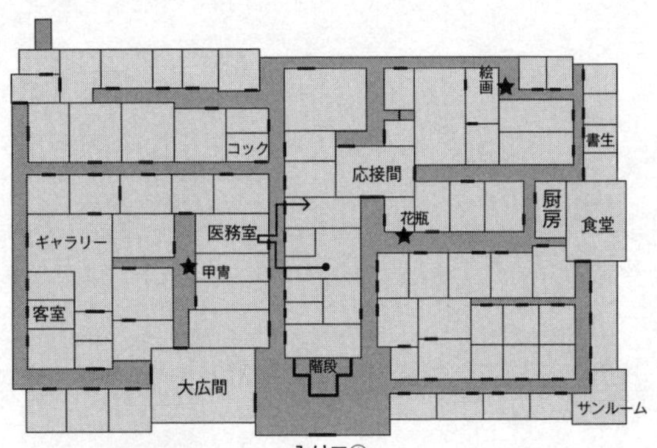
絵画
書生
コック
応接間
厨房
食堂
花瓶
医務室
ギャラリー
甲冑
客室
階段
大広間
サンルーム
入り口①

1F
洋館

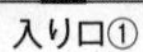
奈乃の動き

第6章

逃げられなかった彼ら

長い廊下に、２人分の足音が響く。

あまり音を立てるのはよくないんだろうけど、そんなことを気にしてる余裕もなかった。

幸いにも、まだ耳鳴りはしていない。

すぐに合流できれば、どこかに隠れる時間くらいはあるだろう。

「もし鉢合わせになったら、オレが引きつけて時間稼ぐから、弥生のこと頼むぞ」

「わ、わかった！」

弘毅くんは、わたしたちの中で一番足が速い。

最初の時に比べて、だいぶ屋敷の中も把握できてるし、彼ならきっと上手く回避できる。

危険な役目を押しつけて申し訳ないけれど……。

わたしは自分のできることをするしかない。

龍真くん——。

弥生から送られてきた、あのメッセージ。

いったい、どういう意味なんだろう。

弘毅くんは、話題に出さない。

わたしも聞けずにいた。

曲がり角にさしかかる。

すると、ちょうど同じタイミングで、向こう側から誰かが勢いよく飛び出してきた。

わたしたちは、慌てて急ブレーキをかける。

「――弥生！」

息を切らし、真っ青な顔で走ってきた弥生は、相手がわたしたちだとわかると、途端に泣き出しそうな顔になった。

でも、すぐにはっとして叫んだ。

「逃げて！」

わたしと弘毅くんは顔を見合わせ、困惑する。

「逃げてって……それより、龍真がどうしたっていうんだよ」

「様子が変なの！」

「ちょ、とにかく落ちつけって」

取り乱し、完全にパニックになっている弥生を、弘毅くんは宥(なだ)めようとする。

しかし、弥生は聞く耳を持たず、わたしたちの体を強引に押しやった。

「や、弥生――」

「急に苦しみ出したと思ったら、そばにあったものを手あたり次第投げてきて……本当に危ないの！　だから早く！」

いったい何が起こっているというの……？

押し問答をしている間に、耳が別の音を拾った。

足音が近づいてくる。

アイツじゃない。

これは、人の足音だ。

「龍真……？」

弘毅くんが曲がり角の先を覗きながら、恐る恐る声をかける。

わたしも、震える弥生を背中に隠し、あとに続いた。

そこにいたのは、たしかに、龍真くんだった。

でも、なんだか様子がおかしい。

「おい……どうしたんだよ、お前……」

龍真くんは、うつろな目でわたしたちを見る。

怯えた弥生が、ぎゅっと手を握ってくる。

抱いた恐怖を誤魔化すように、わたしも彼女の手を握り返した。

「龍真くん……それ……」

だらりと下がった彼の手には、ナイフのようなものが握られていた。

わたしたちは、じりじりと後ずさる。

龍真くんの口が動いた。

「……どうせ誰も助からない」

えっ？

わたしは目を瞠(みは)った。

龍真くんの声じゃない……。

聞いたことのない、男の子の声だった。

「助からない……仕方ないんだ……助かっちゃいけないんだ……お前たちも」

ブツブツと、かろうじて聞き取れる声量で、彼は言う。

「だから……頼むから、早く死んでくれ」

ナイフを持つ手に、力がこもる。

次の瞬間、龍真くんはナイフをわたしたちめがけて振りおろした。

弥生と、わたしの悲鳴が交ざる。

わたしたちを庇いながら、弘毅くんは龍真くんから距離をとった。

「しっかりしろ、龍真！　どうしちまったんだよ！」

《蓮……？》

眉をひそめ、恭介くんは呟く。

「知り合い？」

思わず尋ねてしまった。

急に誰もいない空間に向けて声をかけたわたしを見て、弥生はぎょっとする。

状況が状況だけに、わたしまでおかしくなったんじゃないかと思ったのか、弥生は青い顔でわたしから距離をとり始めた。

でも、今は一刻を争う。

わたしは構わず続けた。

「知り合いなの!?」

なんで、龍真くんがこんな……。

「どうにかしてよ、恭介くん！」

龍真くんは、再びナイフを構える。

顔は苦痛に耐えるように歪んでいて、額には汗が滲んでいる。

苦しそうな彼を、これ以上見ていられなかった。

《――貸して》

　恭介くんは言った。
《奈乃の体、オレに貸して》
　わたしの、体……。
　目の前には、体を乗っ取られ、おかしくなっている龍真くんの姿。
　でも、迷ったのは一瞬だけだった。
「いいよ、使って！」
　わたしは恭介くんに向けて手を伸ばした。
　恭介くんが、その手をとる――。
　ぐらりと、視界が揺れた。
　レンズのピントを合わせるようなグラつきのあと、目が、わたしの意思とは無関係に動き始める。
　体の主導権が、奪われた。
　驚き、騒ぎ立てるこの心臓も、今は彼のものだった。
「蓮」
　口から、男の子の声が出た。
　弘毅くんは驚いて振り返り、弥生は震えながら半泣きになっている。
　龍真くんの――。
　蓮くんの視線が、こちらを向いた。
　わずかに動揺を見せた彼だったけど、すぐに元の顔に戻ってしまう。
　でも、さっきまでの、心ここにあらずな感じじゃない。
　その目はしっかりと、恭介くんを見ていた。
「何してるんだ」

「……恭介か」
　口調もはっきりしてきた。
　それでも彼は、握ったナイフを手放そうとしない。
「聞こえなかったか？　何してるんだ」
「……オレたちは助からなかった。だからこいつらも助からない」
　まったく答えになっていなかった。
　恭介くんの困惑が伝わってくる。
「そんなことを聞いてるんじゃない。オレは――」
「助からないんだよ。助かっちゃいけないんだ。だって、仕方がなかったんだから」
　またブツブツと、呟き出す。
　突然始まった見知らぬ男子２人の会話に、弘毅くんは呆気にとられていたが、すぐに切り替えたように、ナイフを奪うタイミングを見計らう。
　けれど、それもお見通しだとでもいうように、蓮くんは警戒を解こうとしない。
　緊迫した状況が続いていた。
　ひとまず話を合わせることにしたのか、恭介くんは言った。
「オレたちはだめだったけど。こいつらもそうなるとは限らな――」
「やめろ！」
　突然、蓮くんは叫んだ。
「……やめろよ。そんなこと言うな」

なんなの……？

わたしたちが助かったら、何かまずいの？

蓮くんの口がわずかに動く。

オレのせいじゃない——そう、聞こえた。

怪訝そうな恭介くんは、慎重に尋ねる。

「失敗したっていう計画のこと？　蓮が、何か間違ったのか？」

ふっと蓮くんは鼻で笑った。

「間違ってなんかないさ。オレは上手くやったんだ」

そして、疲れたような顔を見せる。

「覚えてるか？　オレが『入ろう』って言ったんだ。最初は亜希に止められたっけな。でも、みんな面白がって、結局入った。で、全員死んだ。……悪かったと思ってる。お前らだけでも逃がしてやりたかった。頑張ったんだ。でも助けられなかった。頼むから——」

引きつったような笑みを浮かべ、彼は言う。

「助からなかったことに、させてくれないか」

恭介くんは口をつぐむ。

あぁ……もしかしたら……。

蓮くんの苦悩(くのう)するような眼差しを見るうちに、わたしは1つの答えに思い至った。

もしかしたら、この人は、怖いのかもしれない。

きっかけの一部が自分にあるから、責任を感じていて。

わたしたちが無事に外に出られることで、“助かった可能性”が出てくるのを恐れている。

本当は、誰も死なずに済んだかもしれない。

それなのに自分の力が、頑張りが足りなかったせいで、友達を助けられなかった。

そう思い知らされるのが嫌なんだ。

わたしたちが同じ結末を迎えることで、“頑張っても絶対に無理だった”ことにしたいんだ。

押し黙っていた恭介くんは、大きく息を吸った。

「オレは――」

続く言葉はなかった。

かわりに、体が強張る。

キィーーーーーーン。

耳鳴りが告げる――間もなくこの場は危険地帯になるだろう、と。

弘毅くんが叫ぶ。

「早く、どこかに隠れろ！」

急いで近くの部屋を確認する。

が、蓮くんはその場を動かない。

「龍真！　……じゃなかった、蓮！」

声をかけても、蓮くんは頑なに動こうとしない。

弘毅くんは駆け寄ろうとするけれど、目の前にナイフを突きつけられ、慌てて足を止める。

刃が、冷たく光った。

「アイツが来る！　今はそんなことしてる場合じゃねーんだよ！」

必死に叫ぶ弘毅くんに、蓮くんは薄気味悪い笑みを返した。
「大丈夫、お前らも助からない。今からそれを、証明してやるよ」
　その言葉の意味を理解し、ぞっとした。
　蓮くんが何をしようとしているのか、わかってしまった。
　蓮くんは、龍真くんを——……。
　——恭介くん！
　助けて！　早く蓮くんを止めて！
　お願い……!!
　恭介くんは一歩前に進み出る。
　しかし、すぐにナイフがこちらを向いた。
　蓮くんは今、正気を失っている。
　迂闊(うかつ)に近づけば、きっと無傷では済まないだろう。
「龍真しっかりしろ！　おい、お前！　龍真の体から出てけ！」
　弘毅くんの声が、むなしく廊下に響く。
　そうしている間も、耳鳴りが強くなっていく。
　化け物は、もうすぐそこまで来ている。
「蓮！」
　恭介くんは叫んだ。
　その時だった。
　大きな足音が、ものすごいスピードで、こちらに向かってくるのが聞こえた。
「——っ」
「逃げろ！」

恭介くんは唇を噛み、踵を返して走り出そうとする。

わたしの意思に関係なく、体が動き出す。

待って！　待ってよ！

龍真くんがまだ――。

「こっち！」

弥生の声がした。

同時に、廊下の先に、化け物が姿を現す。

「くそっ」

弘毅くんは、勢いよく蓮くんにとびかかり、腕を掴んだ。

一瞬反応が遅れた蓮くんだったけれど、すぐに抵抗する。

振り回したナイフは肉を切り裂き、刀身に赤い液体が伝った。

弘毅くん――！

「奈乃！　……じゃなかった、恭介！　走れ！」

ぐんと強く背中を押され、恭介くんは走り出す。

弥生の待つ扉の前までくると、弘毅くんは力任せに、わたしたちを部屋の中に押し込んだ。

「いっ――」

もつれるように倒れ込む。

回転する視界の隅で、扉が閉まるのが見えた。

「弘毅くん！」

弥生の声は、廊下に響く破壊音にかき消される。

化け物は、１人、部屋に入らなかった弘毅くんを追うと決めたようだ。

ドタドタと、激しい音とともに化け物が遠ざかっていく。

そんな……！

本当に、弘毅くんが囮になってしまった。

動揺の中、わたしの視線は扉を離れ、室内奥に向かう。

そうだ——。

危機は去っていない。

目の前には、蓮くんが憑依した龍真くんがいるのだ。

龍真くん……！

顔を歪め、起き上がって体勢を立て直した蓮くんは、わたしたちを睨んだ。

弥生が、後ずさる。

恭介くんは、倒れた際に奪い取ったナイフを、蓮くんに向けて構えた。

ナイフには、血がついていた。

ついさっき弘毅くんを切りつけた刃を、今はわたしが龍真くんに向けている。

いやだ……やめてよ……。

そんなもの、龍真くんに向けないで……。

泣きたくても、涙なんて出てこない。

握ったナイフも、おろせない。

この体は今、彼のものなのだから。

蓮くんが、口を開く。

「どうせ助からない……あいつが死んで、次はオレ、そして、お前たちだ」

恭介くんはナイフを構えたまま、蓮くんをじっと見つめた。

「……さっき言ったよな？　『オレたちを助けたかった、頑張ったけどだめだった』って」

　すると、蓮くんはなぜか動揺を見せる。

「蓮？」

　それは、ほんの一瞬の出来事だった。

　すばやく距離をつめてきた蓮くんは、恭介くんの手から乱暴にナイフを奪い取る。

　もともと体格差がある上にふいをつかれた恭介くんは、体勢を崩して倒れ込んだ。

　――恭介くん！

　振りおろされたナイフが、目の前に迫る――。

　痛みは襲ってこなかった。

　ナイフは、わたしの体に届く寸前で止まった。

　突きつけられたまま、とどめを刺さず、かといって引こうともしない。

　相反する何かと闘っているように、ナイフを持つ彼の手は震えていた。

　龍真、くん……？

「蓮」

　恭介くんは、彼の名を呼ぶ。

「もうやめろ。こいつらは関係ない」

「……」

　しばらくの間、その場にとどまっていたナイフは、やがてゆっくりと離れていった。

　カランと、音を立ててナイフが床に落ちる。
「……知ってるだろ。オレ威勢だけはいいけど、本当は結構ビビりなんだ」
　蓮くんは俯き、くたびれた様子で笑った。
「あの時も、内心では少し諦めてた。やばい化け物を前にして、怖くなってた。助からないかもしれないって考えが、ずっと頭に浮かんで消えなかった。オレは本当に、全力で脱出を目指して頑張れていたのか……自信をもってそうだと言えない」
　ごめんな、と蓮くんは呟く。
　その弱々しい声を最後に、沈黙が落ちる。
「……そう」
　恭介くんは小さなため息をついた。
「よかった」
　蓮くんは呆気にとられ、でも、すぐに嘲笑うように言った。
「よくはないだろ……気でも狂ったか？」
「……オレ、思い出した」
　恭介くんは、ぽつりぽつりと言葉を紡ぐ。
「お前らを探しに行こうとして、殺されたんだ。待っても待っても、誰も戻ってこなくて。心配で様子を見に行こうとして、見つかって殺された」
「そうかい。そりゃ、恨んでるよな。オレたちが上手くやれなかったせいで、死んだわけだから」
　恭介くんはかぶりを振る。

「オレ、お前らに置いていかれたんだって、裏切られたんだと思って悔しかった。もちろん死にたくなんかなかったけど、それよりも、信じてた友達に裏切られたのが悲しかった。この状況で、ケガを負った足手まといなんて、置いていかれて当然なのに、微塵も疑わずに、バカみたいに信じきっていた自分が滑稽に思えて仕方なかった。だから――」

ふっと力が抜けていく。

わずかに声を震わせながら、恭介くんは小さく笑って目を閉じた。

「そうじゃないってわかって、ほっとした」

たしかに、蓮くんの話を聞くかぎり、彼らは恭介くんも含めて、全員で脱出するつもりだったみたいだ。

亜希ちゃんに続き、蓮くんの証言も得られたことで、恭介くんはようやく、信じられたのだろう。

恭介くんは、改めて蓮くんと向き合う。

「オレはもう、蓮を恨んでない。亜希や美果瑠だって、お前を恨んでなんかない。オレたちが死んだのは、お前のせいじゃないだろ。あの化け物は蓮が作り出したのか？　オレたちを殺せって指示を出したのか？　違うだろ？」

「でも、オレは……オレが……」

「後悔してるなら、こいつらがここを出られるよう協力してやれ。こいつらの中にもいるはずだ。『ここに入ろう』って言い出した人が。このまま死んでしまったら、そいつは同じ思いをする。そしてまたきっと、同じことの繰り返しになる」

そういえば、誰だっただろうか。

でも、それが誰であっても、責める気にはなれなかった。

きっと、みんな悔やんでいる。

屋敷に入らなければ。

屋敷を見つけなければ。

怪しげな道を進まなければ。

霧が出ても、車内に閉じこもっていれば──……。

引き返せる道はたくさんあって。

自分の一言で、この事態を防げた可能性はあって。

あの時、自分が……って思い出し始めたら、キリがない。

恭介くんは、静かに語りかける。

「オレも、いつまでもこんなところにいたくない。だから、“みんな”でここを出よう」

「……」

押し黙った蓮くんが、目を伏せる。

悪かった──。

そう呟いたのを最後に、彼の体はバランスを崩して倒れ込む。

「龍真くん！」

わたしは、手を伸ばした。

自分の体が、声が、元に戻っていることに遅れて気づく。

受け止めた龍真くんの体から、カチャリと、黒い腕時計が落ちた。

龍真くんは気を失っていた。

右手は、ナイフを扱っている際にケガをしたのか、血が滲んでいる。
　でも、体は温かい。呼吸も正常だった。
　安堵で力が抜けていく。
　よかった……。
　わたしは残ったわずかな力で、彼の体を抱きしめた。

「はいっ、できたよ」
「ありがとー」
　弥生の手当てを済ませ、使った道具を片づける。
　ここは医務室。
　あのあと、弥生と２人がかりで龍真くんを医務室まで運んできた。
　ベッドの上の龍真くんは、まだ眠ったままだ。
　わたしは、スマホを確認する。
　少し前に、弘毅くんからメッセージが届いた。
　なんとか無事に、逃げきれたらしい。
　この一件では蚊帳（かや）の外だった千尋と晋哉くんも、今こっちに向かっているところ。
　すぐに、また６人で集まれるだろう。
　手持ち無沙汰になった弥生は、落ちつかない様子できょろきょろと室内を見回している。
　見えないとわかっていても、恭介くんや蓮くんの存在が気になるみたいだ。
　弥生には、一足先に軽く幽霊の話をしておいた。
　かなり驚いていたけれど、実際に憑依した姿を目にしている彼女は、思ったよりもすんなりと、受け入れてくれた。
「……ん」
　龍真くんが微かに身じろぎする。
「龍真くん！」
　ゆっくり目を開けた龍真くんは、体を起こしながら、ぼんやりとわたしたちを見る。
「だ、大丈夫？」
「あぁ……」
　彷徨(さまよ)う視線は、一点で止まった。
　途端に、龍真くんの顔色が変わる。
　でも、すぐに表情に変化があった。
　きっと、蓮くんが説明しているのだろう。
　龍真くんが小さく何度か頷くのを、わたしは静かに見守った。
「──あ、晋哉くん近くまで来てるみたい。場所わからないだろうし、わたし迎えに行ってくるよ」
　弥生が、スマホを見ながら部屋を出ていく。
「気をつけて」
　静かに、扉が閉じた。

「奈乃」
　名前を呼ぶ声に振り向くと、龍真くんと目が合った。
　まともに視線が合うのは、久しぶりな気がして、うれしい半面、少し悲しくなる。
「ごめんな、危険な目に遭わせて」

龍真くんは、これまでのことを要約して話してくれた。

龍真くんもまた、最初にみんなとはぐれた際に、蓮くんの腕時計を拾っていたらしい。

ただ、恭介くんや亜希ちゃんとは違って、蓮くんは怨念(おんねん)が強かったのだろう。

腕時計を手にした時からすでに、嫌な予感がしていたという。

蓮くんは多くを語らなかったけれど、わたしたちがここから出るのをよしとしていないのが、なんとなく伝わってきた、と。

「時計を手放しても消えてくれなかったんだ。だから、どうしようもできなくて……とりあえず、奈乃には近づかないでおこうと思って」

「わたし?」

恭介くんがそばにいるから……?

いや、でも、わたしはずっとネックレスをポケットにしまっていた。

見えないなら、気づかれていないはずだ。

なのに、なんで——。

龍真くんは、ばつが悪そうに言う。

「特別扱いしすぎだって、弘毅たちによく言われる。……蓮に知られて、人質にとられても困るから。できるだけ普通に、平等に接しようとしたんだけど」

まさか自分が体を乗っ取られるとは思わなかったと、龍真くんはため息をつく。

　ふと、弥生に優しくしていた姿を、声をかけたら素っ気なくされたことを、思い出す。
　なんだ、そうだったんだ……。
　モヤモヤしていたものが、すっと溶けていく。
　心底ほっとして、わたしは笑った。
「嫌われたのかと思ってた……」
「嫌いじゃないよ」
　龍真くんは、じっと見つめてくる。
　わたしはまだわずかに残っていた笑いを引っ込め、真顔になる。
　待って。
　さっき龍真くん、なんて言った……？
「奈乃」
　大好きな声が、わたしを呼ぶ。
　口を開きかけた龍真くんは、一度考えるようなそぶりを見せ、そして言った。
「ここを出られたら告白するから。返事、考えといて」
　言葉が耳に届くのと同時に、顔がほてる。
　どんどん熱が集まってきて、耳まで真っ赤になった。
　夢、じゃないよね……？
　頭が働かなくて、わたしはほうけたまま固まってしまう。
　龍真くんが、こっちを見ている。
　そ、そうだ、何か言わなきゃ——。
「わっ、わたし……わたしも……っ！」
　しどろもどろになりながら、勢いのまま喋ろうとすると、伸びてきた手に優しく口を塞がれる。
「今はだめ」
龍真くんは少し困ったように微笑んだ。
「大事なことだから。ちゃんと２人きりの時に」
「あ――」
そうだった。今この部屋には４人いるんだった。
ちらりと恭介くんを見ると、呆れたような視線が返ってくる。
《こんな状況で告白がどうとか、呑気なものだな》
「「うるさいなぁ」」
口をついて出た言葉は、奇しくも重なった。
龍真くんと顔を見合わせ、思わず苦笑いする。
きっと彼らも、似たようなやり取りをかわしたんだろう。
変わらないな、とつくづく思う。
恭介くんたちとの会話は違和感がない。まるでクラスメイトと話しているような感覚に陥る。
生きていた時代は違えど、恭介くんたちもわたしたちと同じようなことで笑ったり泣いたりして、たわいもない話をしながら毎日を過ごしていたのがわかる。
それがうれしくもあり、同時に、そんな日常がある日突然、理不尽に奪われたと思うと、悲しく、やるせない気分になった。

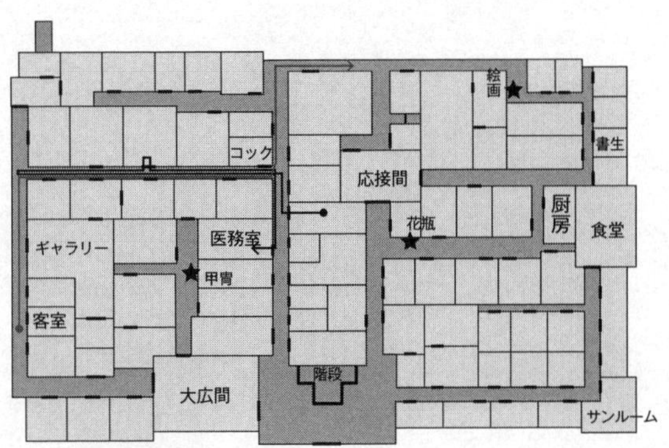

—— 奈乃の動き

—— 化け物の動き

第7章

とある一家の秘密

「お待たせー」
　扉が開き、弥生が晋哉くんと千尋を引き連れて戻ってきた。
　２人とも顔に若干の疲れを滲ませているものの、目立った外傷は見られない。
「ケガしてるじゃん」
　龍真くんの手の包帯に目を留め、晋哉くんは眉をひそめる。
「まぁ、いろいろあって……」
　傷はたいしたことない、と龍真くんは苦笑いした。
　これから２人にも、全部説明しないと。
　ちょっとでも足を休めるため、みんなで輪になってベッドの上に座った。
　千尋は、スマホを確認する。
「弘ちゃんはまだかぁ」
「和館のほうにいるんだっけ？」
「うん」
　医務室に来て少しして、弘毅くんから連絡があった。
　わたしたちを捕まえられないことに苛立ってるのか、化け物の足が速くなっているように感じる、とも言っていた。
　かなり苦労して、化け物を巻いたらしい。
　無事を知って、ほっとしたのと同時に、申し訳ない気持ちでいっぱいになった。

「弘毅は事情を知ってるんだよな？　これからのことは全員揃ってから決めるとして、先に話せるところだけ話しておくか」

「そうだね」

　わたしは龍真くんの言葉に頷いた。

　そしてわたしたちは、まだ何も知らない晋哉くんと千尋に、この屋敷で出会った幽霊たちの話を聞かせた。

　過去に屋敷に迷い込み、無念のまま死んでしまった子どもたちの幽霊が、わたしや龍真くんに取り憑いている。

　改めて言葉にすると、冗談みたいな話で、当然２人は信じられないような顔をしていた。

　２人は認識できないのだから、そんな反応も仕方ないと思う。

　見かねた弥生が、説明に加わる。

「龍真くんも奈乃ちゃんも、本当に別人みたいになったの。わたし、すごくびっくりして……」

　終始困惑気味の晋哉くんと千尋だったけれど、最後にはようやくわかってくれた。

　晋哉くんは、小さなため息をつく。

「化け物に加え、幽霊ときたか……」

「でも、敵じゃないの。脱出を手伝ってくれるって」

　わたしが補足すると、わかってると言いたげに、晋哉くんは頷いた。

　千尋は、不安げにこちらを見る。

「それで、結局わたしたちはどうすればいいの？」

龍真くんは難しい顔をする。

「なんとかして、彼らが失敗した計画の詳細を知りたい。わからないまま、同じ方法をとって殺されるのだけは避けるべきだ」

わたしも頷いた。

「でも、肝心の内容は覚えてないんだよね？」

「うん……」

残念ながら、蓮くんも計画の詳細までは思い出せないという。

みんな、記憶が中途半端だった。

恭介くんは１人取り残され、友達に裏切られた恨み。

亜希ちゃんは、恭介くんとの約束を果たせなかった後悔。

蓮くんは、化け物に怯え、友達を助けられなかった自責。

死ぬ間際の強い思いに関する記憶だけがしっかり残っていて、それ以外は曖昧な部分が多かった。

「恭介くんが言うには、もう１人いるみたいなんだ。彼女が……『美果瑠ちゃん』が同じように、まだこの世にとどまってるなら。実際に計画を立てた彼女なら、覚えてるかもしれない」

「――え？」

急に横を向いた龍真くんが、驚いた声を上げる。

どうしたんだろう。

龍真くんは、困惑した様子でわたしを見た。

「『もう２人だろ』って、蓮が言ってるけど」

「えっ」

今度は、わたしが驚く番だった。

恭介くんは、すかさず否定する。

《何言ってんだ。オレらは４人だったはずだ》

意味がわからず、わたしはうろたえた。

「えっと……４人でここに来たんじゃないの？」

蓮くんと話していた龍真くんは、「あいまいだな……」と、小さく呟く。

「……もう１人いた気がしたらしいんだけど、たしかに４人で入った気もするって」

千尋が青ざめる。

「ちょっと……これ以上、気味悪い状況を作るのやめてよ」

龍真くんは、困ったように言う。

「記憶が不完全らしいんだ。多めに見てやってくれ」

《絶対４人だって》

ムキになってる恭介くんを「まぁまぁ」と宥めつつ、わたしは亜希ちゃんのことを思い出す。

「弘毅くんが来たら、亜希ちゃんにも確認してみよう。そうすれば、はっきりするでしょ」

《奈乃、オレのこと信じてないんだな》

「そういうわけじゃないって……」

《じゃあ、どういうわけだよ》

恭介くんがぐっと迫ってくる。

「ちょっと、ち、近い！」

わたしは赤面しながら慌てて身を引いた。

「……おい、幽霊だからって何やっても許されると思うなよ」

　こちらを睨んでくる龍真くんを見て、恭介くんはスンと真顔になる。

　ふいに、体が動き出した。

　えっ……。

　ちょっと――。

　わたしは、隣に座っていた龍真くんの側に寄ると、腕を絡ませ、彼の体にぴったりとくっついた。

　ぎゃーーーーーーーーー！？

　発狂寸前の心とは裏腹に、わたしは涼しい顔で、龍真くんを上目遣いに見上げる。

　ぽかんと、呆気にとられる龍真くん。

　しかし、すぐにはっとして慌てて言った。

「お前、恭介だろ！」

　顔が、しゅんと悲しげになる。

　あくびの要領で、さり気なく目に涙を浮かべるという恭介くんの謎テクニックにより、あっという間に潤んだ瞳が完成した。

　龍真くんが、うっと声を漏らす。

　頭の中でものすごい葛藤が繰り広げられているかのように、なんとも複雑な表情になった。

　その隙に、恭介くんはさらなる接近を試みる。

　え、うそ、待って――。

　顔が、どんどん近づいていく。

恭介くん！！！

ほんと、いい加減に――……！！！

「――あれ？」

ぱちっと瞬きした瞬間、体の自由が戻った。

戻ったはいいけれど、わたしは龍真くんにキスする寸前で。

「あ……ぁあ……」

みるみるうちに顔が赤く染まっていく。

「あっ、あのっ、これは、恭介くんが勝手に……！」

込み上げる羞恥（しゅうち）に堪えきれず、わたしは両手で顔を覆った。

「恭介くんがぁっ……！！！」

死ぬ！

恥ずかしくて死んじゃう！！！

「わかってる、オレはわかってるから……」

龍真くんは半笑いで、わたしの頭をぽんぽん叩く。

「……ねぇ。わたしたち、何を見せられてるの……？」

「さぁ……？」

ヒソヒソと、囁き合う千尋と晋哉くん。

「ぐすっ……気にしないでぇ……できれば今見たこと全部忘れてぇ……」

《オレを信じないからだぞ》

悪びれる様子もなく、恭介くんはしたり顔で笑った。

「――で、話を戻すけど」

ゴホンと、晋哉くんは咳払いする。

「その、美果瑠？って人がどこにいるか、わからないの？」

龍真くんは横を向く。

そして、すぐに首を振った。

恭介くんも、そこまではわからないと言う。

落ちていた恭介くんのネックレスを拾い、わたしは彼と出会った。

弘毅くんもキーホルダーを拾ったと言っていたし、龍真くんは、発見した蓮くんの遺体が身につけていた時計を触ったことで、彼が見えるようになったらしい。

だからきっと、美果瑠ちゃんに会うには、彼女が生前持っていた何かに触れる必要があるんだと思う。

そのアイテムを、美果瑠ちゃんが今も持っていればいいけれど……。

なかった場合、この広い屋敷の中を、もう一度くまなく探し回らないといけなくなる。

そのことを伝えると、弥生が首をかしげる。

「どういう物かもわからないの？」

「ん一……生前使ってた物とか、大事にしてた物だろうとは思うんだけど」

龍真くんも、記憶を辿るように考え込む。

「蓮の遺体を見つけた時、自然と時計に目がいったんだ。そんな珍しい時計でも、目立つものでもないのに。だから、視界に入ればわかる気はする」

たしかに、わたしもネックレスに視線が向いた。

　なんのためらいもなく、手にして拾い上げたんだった。
「誰か、館内で遺体を見つけなかったか？　オレは、いくつか見たんだけど、蓮が反応しなかったから、あれは彼らとは別の犠牲者たちなんだろうな」
　迷い込んで出られなかった人……やっぱり他にもいたんだ。
「わたしが見たのは、今のところ亜希ちゃんの遺体だけ」
「ぼくも、１人見かけたよ。かなりひどい状態だった」
　はっとして、晋哉くんに尋ねる。
「何か気になるもの、そばに落ちてなかった？」
　晋哉くんは首を振る。
「悪いけど、そんなにじっくり見る気にはなれなかった。でも……美果瑠じゃないと思う。スーツみたいな服着てたから」
「そっか……」
　なんとなく会話が途切れたタイミングで、龍真くんは話題を変えた。
「晋哉たちは、なんか他に手がかり見つけなかったか？」
「あぁ、そうだった」
　晋哉くんはスマホを取り出した。
「さっき、料理人の手帳を見つけたんだ」
「えっ、それってわたしが……」
「あれとは別人。もう１人いたみたい」
　晋哉くんがスマホをいじり、すぐにメッセージが届いた。
　トーク画面に、写真が加わった。

やつめ。新人のくせに、でかい態度をとりやがって。
旦那様に媚(こび)を売り、あわよくば、私の仕事を奪うつもりなのだろう。
私に恥をかかせようと、こっそり調味料を入れ替えていたのを、私は見ていたぞ。
何が『お嬢様は私の料理を気に入られたようだ』だ。
外出なさらず、外の世界を知らないから、お前の料理が珍しく見えるだけだ。
身のほどをわきまえない若造が。
前にいたやつは謙虚で協力的でよかったのに。
まったく、なんであんなやつが――……。

そんな不平不満が、長々と書き連ねてあった。
ざっと目を通し終えると、龍真くんは言う。
「これだけ広い家なら、料理担当が２人いてもおかしくないか……」
「いや、なんか24時間体制だったみたいなんだ」
「え？」
「他の読めるページには、その日のメニューっぽいものが載ってた。どうやらお嬢様は１日４食が基本だったらしい。それプラス、おやつ」
弥生が、率直な感想を漏らす。
「……食いしん坊だね」
「うん。料理人たちは半日交代で、食事と、あと望まれればおやつを提供していた。品数もかなり多かったよ」

「まじないで力を使う分、体力を消耗しやすいのかな？」

千尋が言い、晋哉くんも自身の考えを述べる。

「単に大食い体質だったのかもよ？　激務疑惑もあったし、ストレスで過食になってた可能性もある」

「あぁ、たしかに」

スマホをしまいながら、晋哉くんは尋ねてくる。

「食事といえば、ここに来てから結構たつけど……みんな、まだ大丈夫そう？」

「うん……」

「なんとか……」

頷きつつも、かなり前から、わたしは喉の渇きを覚えていた。

走り回っているし、緊迫した状況も続いているから、当然といえば当然だ。

この屋敷にはキッチンがある。

さっきは、できたてのスープもあった。

探せば食糧も水も、見つかるだろう。

でも、こんな場所にある得体のしれないものなんて、できれば口に入れたくない。

龍真くんは、深刻な顔で言った。

「体力もいつまで持つかわからない。動けるうちに、突破口を見つけないとな」

「──ねぇ」

千尋の声から、さっきまでの明るさが消える。

「弘ちゃん遅くない？　しばらく返事も来てないし……」

「そう、だね……」
　言われて、スマホに目を戻す。
　相変わらず時計機能はバグっているから、経過時間はわからない。
　でも、メッセージアプリの画面は、かなり前から既読の数がひとつ少なかった。
　今は移動中で、単に確認してる暇（ひま）がないだけだと思っていたんだけど……。
　弥生も、顔を曇らせる。
「化け物からは逃げられたんだよね？」
「あぁ。でも、まだ和館の近くをうろついている可能性はある。だとすると、身動きできなくなってるのかも」
　それだけなら、いいんだけど……。
　スマホの画面は、どれだけ見つめても、既読の数が増えない。
　室内の空気が重くなった。
「わたし、迎えに行ってくる！」
　痺れを切らした千尋が、部屋を出ようとする。
「待って」
　晋哉くんは、慌てて引きとめた。
「何か起こってるなら、計画なしに乗り込んでも意味がない。……龍真、たしか和館のほう、行ったんだよね？　向こうはどんな感じなんだ？」
「１階同士が渡り廊下で繋がってる。部屋はそれなりに多かった。でも、和室だから。各部屋を隔てるものは薄いし、隠れるにはあまり適さない。おまけに床も軋む。音を立てずに歩くのは難しかった」

龍真くんは顔を上げ、全員を確認するように見渡した。

「行くなら二手に分かれたほうがいい。和館に行くチームと、洋館に残るチーム。残ったほうは、美果瑠を探そう。化け物が今どこにいるかわからないけど、洋館で遭遇したなら、和館は探索する絶好の機会になる。その逆も然り」

みんな、真剣な顔で頷いた。

素早くチーム分けを済ませる。

龍真くん、千尋、わたしの３人が和館へ。

晋哉くんと弥生が洋館に残ることに決まった。

「化け物見かけたらすぐ連絡する。スマホはできるだけこまめに確認してくれ」

「みんな、気をつけてね」

「そっちも」

晋哉くん、弥生と別れ、わたしたちは和館へと向かった。

一度行き来している龍真くんのおかげで、わたしたちはすんなりと渡り廊下の近くまでくることができた。

今のところ、化け物の気配はない。

「渡り廊下は短いんだ。ただ、本当に、向こうは隠れられるところが少ないから。いつでも逃げ出せる準備だけはしておいて」

「うん」

「わかった」

わたしと千尋は、同時に頷く。

いよいよ、和館へと足を踏み入れる。

廊下を抜けると、一気に雰囲気が変わった。

まさに、昔ながらの日本の家。いちいち靴を脱いでいる暇がないとはいえ、土足で歩き回ることに、若干の抵抗を感じてしまう。

というか……。

わたしは、はたと気づく。

ここから逃げられるんじゃない……？

洋館と違って、壁が薄い。

それに、日本家屋なら庭に繋がる縁側なんかもあるだろうし……。

でも、抱いたささやかな希望は、すぐに打ち砕かれた。

縁側は存在した。

ところが、建物と外との境界を白い霧が包んでいて、その先に進めなかった。

その霧は壁のようになっていて、外に出ようとすると見えない力に押し戻される。

まぁ、今さら驚きはしないけれど……。

息を吸えば、草木や土の匂いを感じ取れるだけに、落胆は隠せない。

やっぱり、あの化け物をなんとかしない限り、ここから脱出はできないようだ。

和館での弘毅くん探しが始まった。

各部屋を覗いていくと、室内は意外にも和洋折衷で、畳の上に絨毯が敷いてあったり、洋風の家具もちらほら見られた。

ただ、弘毅くんの姿はない。

わたしはスマホを確認する。

既読の数は、まだ増えていなかった。

「弘ちゃん……」

横を歩く千尋が、消え入りそうな声で呟く。

本当は、大声で呼びかけたいのだろう。

走って、一刻も早く無事を確認したいに違いない。

わたしも、同じ気持ちだった。

弘毅くん……。

いったいどこにいるの……？

次第に、部屋を覗く作業も、緊張感が漂うようになった。

襖を開けた瞬間、彼の亡骸が目に入るんじゃないか——。

そんな恐怖に駆られた。

振り払っても、振り払っても、頭の中を離れない。

洋館で見た亜希ちゃんの姿が、脳裏に焼きついて離れない。

「おい、あれって——」

次の部屋を覗いた龍真くんの声色が変わった。

物置部屋のような、ちょっと埃っぽい室内の床に、何かが落ちているのが見える。

龍真くんは部屋に入っていく。

わたしと千尋も、あとに続いた。

　龍真くんが拾い上げたのは、スマホだった。
「弘ちゃんのだよ」
　千尋が泣きそうな顔で言う。
　冷たい、と龍真くんは小さく呟いた。
　持ち主の手を離れてから、それなりに時間がたっているということだ。
　龍真くんは室内を見回す。
「ここにいたんだな……」
　単に落としただけなのか、それとも、ここで何かがあったのか——。
　室内は見たところ、異常はないみたいだけど……。
「手放したスマホは消えてない。わたしたちが外から持ち込んだ物、消えないんだね」
　恭介くんのネックレスや亜希ちゃんのキーホルダーだって、消滅していなかった。
　そして、彼らの死体や血痕も。
「仮にケガをして床に血がついても、消えないで残ると思う。床に血痕は残ってないんだから、ここにいた時点では、弘毅くんは大きなケガをしてないはずだよ」
　わたしたちが部屋から部屋へ、または廊下へ移動すれば、館内の壊れたものや動かしたものは元どおりになる。
　それを踏まえると……。
　例えば、血で汚れた床板の一部を取り外して室内を無人にしてしまえば、欠けた部分が復活して部屋は元どおりに戻るだろうけれど。

あの化け物が、そんなことするとは思えないし。

「そう、だよね……」

千尋は自分を納得させるように頷いた。

「落としちゃっただけ、だよね？」

わたしも、龍真くんも、すぐには同意できなかった。

今のわたしたちにとって、スマホはなくてはならない重要なアイテムだ。

みんなから届くメッセージは、こまめに確認してる。

だから、もしどこかに落としても早い段階で気づくだろうし、なくしたとわかれば意地でも探しに戻ると思う。

和館に、弘毅くんの姿が見当たらないのが、どうしても気がかりだった。

「……ん？」

「どうしたの？」

龍真くんは奥のほうに進むと、屈(かが)んで床に手を伸ばした。

「ここ、ちょっと腐りかけてる。気をつけないと踏み抜きそうだ」

見上げると、ちょうど真上の天井に、修繕の跡があった。

雨漏りでもしていたのかな。

あまり使われていない部屋みたいだし、気づくのが遅れて、床を傷めたのかもしれない。

じっと床を見つめていた龍真くんは、ポケットから自身のスマホを取り出すと、なぜかライトをつける。

「龍真くん？」

「暗くて見づらいけど、下に空間がある」

空間……？

はっとして、わたしと千尋も自分の足下を覗き込んだ。

板と板の隙間はないに等しく、一見、何も見えない。

「頑張れば壊せるかも。ちょっと離れてて」

龍真くんは腐りかけの床に勢いよく足を叩きつけた。

床は、思いのほか簡単に壊れた。

床板の一部が崩れ落ち、その先に広がる暗闇があらわになる。

「地下室だ」

近づいて、目を凝らす。

龍真くんが壊したのは表面の床板だけだったけれど、その下に位置する別の板にも大きな穴が開いていた。

そして——。

「弘毅！」

暗闇の中に、横たわっている人影が見えた。

「弘ちゃん！」

慌てて穴に入ろうとする千尋を、龍真くんは止める。

「深くはないけど、落ちたらたぶん上がってこれない。何か……ロープとかないか？」

「ロープ……ロープね……」

あたふたと、室内を探そうと動き出したその時。

ふいに恭介くんが言った。

《亜希がそばにいるはず》

そっか！

わたしは床下に向けて叫んだ。

「亜希ちゃん！　そこにいるなら返事して！　弘毅くんの体、使えるでしょ？」

固唾(かたず)をのんで見守っていると、ややあって、横たわっていた体がピクリと動いた。

ぎくしゃくと、動きづらそうに起き上がったかと思えば、暗闇からなんとも呑気な声が返ってくる。

「そっかぁ、蓮くんみたいに取り憑けばよかったんだぁ。ごめーん、全然思いつかなかったぁ」

さっきから何度も呼びかけていたのだと、亜希ちゃんは言う。

恭介くんはため息をついた。

《ほんとバカ……》

呆れたような声。

でも、当たり前だったものが変わらず当たり前であることを喜んでいるみたいに、どこかうれしそうでもあった。

一方、幽霊に体を乗っ取られた状態を、初めてきちんと目にした千尋は、かなり困惑していた。

「え、えっと……弘ちゃんは無事なの……？」

可愛らしい女の子の声を発する弘毅くんに、戸惑いながら尋ねる。

「うん。ちょっと腕とか足とか痛いけど、動けるよー。急に床が抜けて、下に落ちちゃったんだ。穴もすぐに塞がって真っ暗になっちゃうし、もうびっくりー」

弘毅くんの体が別の部屋に移動したことで、この部屋の修復が始まったんだろう。

　その結果、地下に閉じ込められてしまったというわけだ。
　下を覗きながら、龍真くんは声をかける。
「そっちはどうなってるんだ？　どこかに繋がってるのか？　上にのぼれそうな階段とか梯子とかないか？」
「んー……暗くてよく見えないんだよねぇ」
「ほら、これ使え」
　龍真くんは、弘毅くんのスマホを穴に落とした。
　亜希ちゃんは手を伸ばし、しっかりキャッチする。
　指紋認証とライトの使い方を教えてあげると、少しして、下に、明かりが灯った。
　ここからでも、ぼんやりと室内の様子がわかる。
　あまり広くない。そして、鼻につく埃とカビの匂い。使われなくなって時間がたつのか、この部屋以上に薄汚れて見えた。
「あっ、梯子あったぁ。のぼるねー」
「え」
　覗いて目を凝らすと、そう遠くないところに梯子が見えた。
　顔を上げ、室内を見渡す。
　梯子の真上にあたる場所の付近には、大きな箱が積み重なっていた。
「亜希ちゃん、ちょっと待って！」
「はぁーい」
　わたしたちは場所を空けるべく、急いで箱を動かした。
「うぅ……結構重い……」

ここに来てまさかの重労働に、体が悲鳴を上げる。

ようやくすべての箱の移動を終えると、塞がれていた扉が姿を現した。

開けてあげると、弘毅くん――いや、亜希ちゃんが、はにかんだような顔で這い出てくる。

「助かったぁー」

「……」

ギャップが。普段の弘毅くんとのギャップがすごい。

笑っちゃいけないんだろうけど、笑いそうになる。

「……無事で何より」

龍真くんは笑いを堪えつつ、弘毅くんの体を確認する。

目立つのは、蓮くんと争った時にケガした手の傷。

それと、落下した際に折れた板の端にでも引っかけたのか、腕や足にも切り傷がいくつか。

骨折や致命的な大ケガはしていないとわかり、ほっとした。

「よしっ。じゃあ、あたし出るねー」

「あ！　待って亜希ちゃん！」

「なぁに？」

彼女に聞かないといけないことがあった。

「あのさ、亜希ちゃんと一緒にこの屋敷に来たのって、恭介くんと蓮くんと、あと誰だっけ？」

「美果瑠ちゃんだよー」

わたしは龍真くんに目配せする。

龍真くんは、念を押すように言った。

「４人で来たんだな？」
「そう！　いつもどおり」
　ほら見ろ、と恭介くんが冷たい視線を向けてくる。
「——でもよ、なんか髭面のおっさんいなかったっけ？」
　龍真くんの声が急に変わり、ぎょっとする。
　蓮くんだ。
「おっさん……？」
　亜希ちゃんは首をかしげる。
「そんな人いたぁ？」
「オレの記憶違いか……？」
　すぼむように声が小さくなっていく。
「……蓮。使うのは構わないから、せめて先にひとこと言ってくれ」
　体を取り戻したらしい龍真くんは、横を向いて文句を呟いた。
　亜希ちゃんも４人って言ってる。
　一応、人数問題はこれにて解決……でいいのかな？
「ありがと、亜希ちゃん。助かったよ」
「はいはーい」
　そう言った瞬間、弘毅くんの体がぐらりと傾いた。
　龍真くんがそれを受け止め、床に横たえる。
　わたしは持ってきた道具で、傷の手当てを始めた。

　手当てが終わる頃には、弘毅くんは意識を取り戻していた。

「わりぃ……マジで焦ったわ」

　不甲斐ないと、苦笑いする弘毅くんは、亜希ちゃんに向けてお礼を言う。

「──あ、どうだった、下？」

　念のため、地下室を調べに行っていた龍真くんが戻ってくる。

　龍真くんの表情は、暗かった。

「鎖があった」

「鎖……？」

「壊れてたけど……誰かを繋いで、監禁していたのかもしれない」

　思わず言葉を失った。

　不本意ながらも、さっきまでその場所にいた弘毅くんは、顔をひきつらせる。

「誰かって……」

　龍真くんは首を振る。

「わからない。他には何も手がかりはなかった」

「あっ──」

　スマホを確認していた千尋が、息をのむ。

「化け物、今洋館にいるって！　弥生からメッセ来た。【時間稼ぐから、今のうちに和館をできるかぎり調べて】だって！」

　了解、と返事を送る。

「向こうも逃げるので精一杯だろうから、あまり時間はかけられない。早く調べてしまおう」

「うん」

　立ち上がり、部屋をあとにする。

　弘毅くんの捜索を優先していたため、軽く調べるにとどめていた和館の調査を、改めて開始する。

　従来の家に洋館を増築したのだと、晋哉くんが話していたとおり、和館には生活に必要な部屋がひととおり揃っていた。

　台所、お風呂、トイレ……どれも、結構年季が入っているけれど、大切に使われているようだった。

「あ、ここまだ入ってなかったね」

　千尋が、そばの襖を開ける。

「……寝室か？」

　畳の上に、大きなベッドがひとつ置いてある。

　今まで見てきた他の部屋より、内装が豪華だ。

　おそらく、家主夫妻の部屋だろう。

「こっちは奥さんの部屋？」

　続く襖の先には大きな箪笥が並んでいて、その中に大量の衣類や、化粧品、アクセサリーの数々が収まっていた。

　高価そうな鏡台もある。

「じゃあ、オレらこっちの寝室調べるから……」

　女性のものを漁るのはなんとなく気まずいのか、２人は奥さんの部屋の調査を、わたしと千尋に押しつけた。

　仕方なく、千尋と手分けして、物に溢れる室内を調べ始める。

「……う、わっ！」

鏡台を調べていた千尋が、急に声を上げた。

「何？　どうしたの？」

振り向いた千尋は、困惑した顔で言った。

「包丁入ってた」

「包丁!?」

鏡台の引き出しに、からくりがあったらしい。

千尋は、小ぶりの包丁と、小さな手帳を取り出した。

「よく見つけたな……」

様子を見に来た弘毅くんと龍真くんは、鏡台と包丁をしげしげと眺める。

千尋は、得意げになる。

「こういう部屋は隅々まで見ないと。探索が甘いのよ、あんたたちは」

龍真くんは、手帳を手に取った。

「……持ち主は奥さんだな」

「一緒にあったってことは、包丁も奥さんが？」

なんでそんなものを……。

「命でも、狙われてたのかな」

「いや、違うみたい」

龍真くんは手帳を開いて、みんなにも見えるようにした。

どうしてこんなことになったのだろう。

私がいけなかったのだろうか。

あの人の意見に賛成してしまった。

馬鹿（ばか）なことを考えないで、あの時止めるべきだった。
妻として、母として、なんて愚かな。
あの人は自分の娘を殺めようとしている。
もう私の話など、耳を貸そうともしない。
止めるには、私がこの手で……。
あぁ。
どうしてこんな、悲しい選択を迫られるのか。
あの子たちが生まれたときは、ただただ、幸福でいっぱいだったのに。
元気で生まれてきたことだけを、喜べたのに。

「あの子“たち”……子どもは２人以上いたんだ。もし、この子たちが双子だったなら……」
「だったら、なんだ？」
　龍真くんに、弘毅くんが訝しげに尋ねる。
「家族写真に写っていた子どもは１人だった。それに、医者の日記の件もある。だからつまり……２人で１人を演じてたんじゃないか？」
　龍真くんは、再び手帳を見つめて続ける。
「父親は、生まれた娘を見て喜んでいた。何かを企てていた。彼らの一族がどんな力を持ってるのか知らないけど、そんなぱっと見でわかるものなのかな。赤ちゃんだぞ？　きっと、一族の力そのものじゃなくて、双子であることを利用しようとしたんだ」
「なるほど。要するに付加価値をつけた、と」

弘毅くんはスマホを取り出す。

「料理人も、24時間体制だったもんな。双子に交代で演じさせて、１日中起きていられる……365日睡眠を必要としない子どもにしたってところか。まじないの力は平凡でも、常識を覆す何かがあれば神と崇められてもおかしくない」

千尋も納得がいったように言う。

「片方が動いてる間は、もう片方は休めるから、お仕事たくさん受けても大丈夫だったんだね。それに、表向きは１人で全部捌(さば)いてるように見えるから、疲れ知らず、まじないの力も無限……って思ってもらえるよ」

「それで――」

強張る自分の声を聞いた。

「片方が、父親に反抗したんだね？」

頷いた龍真くんが、あとを引き取る。

「傷は完璧に治せなくても、化粧とかで隠そうと思えば隠せる。でも、その傷は、娘の反抗の証だった。だから、外部の人間に偽りがバレる前に、父親は娘を殺そうとした。“彼女”を殺しても、もう１人いるから。充分なくらい権威は取り戻していて、もう“力がある娘”だけでも……“不眠不休じゃない娘”でなくても、事足りると思ったんだろう」

「ひどい……」

千尋が、顔を歪める。

わたしは鏡台を見下ろした。

包丁は使われた形跡はなかった。

奥さんは、旦那さんを止めたのだろうか。

それとも、娘が殺されるのを黙って見ていたのだろうか。

あの化け物は、娘のなれの果て？

どうして当時と変わらないこの家で、彼女は今も１人、暮らしているのだろう。

龍真くんは、ため息をつく。

「事情はなんとなくわかったけど……」

何をすればいいのか、どうやったらここから出られるのか、わからない。

そのあとも調査を続けたけれど、結局、和館で見つかった情報はこれだけだった。

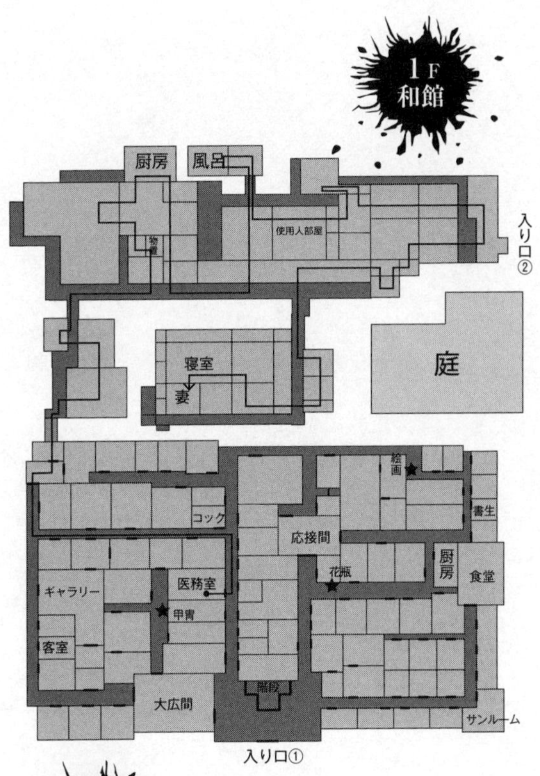
1F
和館
厨房
風呂
物置
使用人部屋
入り口②
寝室
妻
庭
絵画
書生
コック
応接間
厨房
食堂
花瓶
医務室
ギャラリー
甲冑
客室
階段
大広間
サンルーム
入り口①

1F
洋館

—— 奈乃の動き

第8章

最後のひとり

再び洋館に戻ってきたわたしたちは、そのまま、あらかじめ決めておいた集合場所に向かった。
一番初めに６人で集まった、あの部屋だ。
待っていると、少しして晋哉くんと弥生がやってくる。
時間を稼ぐために、かなり無理をしたようで、２人は見るからに疲弊していた。
体を休めつつ、再会のやり取りもそこそこに、すぐに話し合いに入る。
わたしたちは、和館で手に入れた情報と、そこから導き出した一家の秘密についての仮説を伝える。
晋哉くんと弥生は顔を曇らせたけれど、２人とも納得したように頷いた。
一方、洋館の調査結果はというと、美果瑠ちゃんはまだ見つかっていないらしい。
恭介くんたちのように、美果瑠ちゃんもこの世にとどまっていることを前提に話を進めていたけれど、このまま彼女が見つからない可能性も出てきた。
「あと見てないところっていえば……」
「あそこは？　立派な扉のとこ」
「あぁ、あそこ……」
恭介くんが死んだところだ。
「いや待て、もうひとつある」

すっかり忘れてた、と弘毅くんは悔しそうに言う。
「食堂。みんなで行ったきりだった。入った時、すげー変な臭いしただろ」
「あ……」
そういえば、そんなこともあった。
「怪しいね。なんでもっと早く気づかなかったんだろ」
「とにかく、行ってみよう」

一度エントランスホールまで戻って、みんなで、あの時と同じルートを辿る。
歩きながら、あの時の、まだ楽観的な考えを捨てきれずにいた自分を思い出し、苦笑いした。
あれから、どれだけ時間がたったのだろう。
ここにいると、時間の感覚がわからなくなる。
日が沈み、外はもう、真っ暗になっているのかもしれない——。

「開けるぞ」
弘毅くんが、目の前の扉に手を伸ばす。
わたしは、反射的に身構えた。
開け放たれた扉の先から、あの時と同じ、不快な臭いが漂ってくる。
「——いた」
窓の近く、厚みのあるカーテンのそばに、遺体が横たわっていた。

羽織(はお)ったコートも首に巻いたマフラーも、黒ずんですっかり変色してしまっている、子どもと思わしき遺体。
《美果瑠だ》
　恭介くんが呟く。
「そのペン……」
　晋哉くんが遺体を指さす。
　わたしも、気になっていた。
　コートのポケットからはみ出している手帳と、付属のペン。ペンに、なぜか視線が吸い寄せられる。
　弘毅くんが、そっと手帳を拾い上げた。
　手帳は血を吸ったのか、黒くなっていて、とてもじゃないけど、読めそうにない。
　手帳からペンを抜き取る——万年筆みたいだ。
「どうする？」
　弘毅くんは、千尋たちを見る。
　わたしと龍真くんと弘毅くんでは、だめだ。
　まだ霊がついてない、３人の誰かに使ってもらう必要がある。
「ぼくが——」
「わたしにやらせて！」
　晋哉くんの言葉を、千尋は遮った。
「美果瑠の話を聞くんでしょ？　仲介するより、彼女自身に話させたほうが早いよ。わたし、頭使うの苦手だから、みんなが必要な情報を聞いて意見をまとめて」
　千尋はためらいもなく、万年筆に手を伸ばす。

その顔は、すぐに驚きに変わった。

「すごっ。マジで見える……」

いささか興奮気味の千尋は、それでもなんとか気を落ちつかせながら、美果瑠ちゃんに今の状況をかいつまんで説明する。

「……うん、そう。……わかった」

頷くと、こちらを向いた。

「ここは隠れられる場所がないから移動しよう——って」

さすがによくわかっている。

美果瑠ちゃんは頼もしい味方になる、わたしはそう確信した。

「そうだな。じゃあ……」

「さっきの部屋に戻ろう」

移動を済ませ、再び部屋に戻ったわたしたちは、できる限りの準備を整えた。

隠れて身を潜める場合。

部屋から逃げ出す場合。

どちらになっても、すぐ行動に移せるようにしておく。

「これでいいよね。……それじゃよろしく」

千尋は目を閉じる。

くぐもった声を上げたと思ったら、次の瞬間には、凛とした女の子の声になっていた。

「初めまして……で、いいのかな」

「美果瑠だな？」

千尋は――。

美果瑠ちゃんは、頷いてみせる。

わたしたちは改めて、彼女に説明した。

過去に屋敷に迷い込んだ彼らの結末。

そのあと、時を経て、ここにやってきたわたしたち。

そして、脱出のために、情報を集めている最中だということ。

話を聞き終えた美果瑠ちゃんは、深く頷いた。

「うん。概(おおむ)ね、あなたたちが辿りついたとおり。神と崇められた娘の正体は、よく似た双子の姉妹。彼女たちは２人で１人を演じていた」

美果瑠ちゃんは、自身の万年筆を懐かしそうに見た。

手帳は、ページとページがくっついて、今はもう読めなくなっていたけれど、きっとその中には彼女たちが必死で集めた“情報”が、書き留めてあったんだろう。

「使われていたのは姉のほうの名前だったらしい。次第に、そのことに疑問を抱き始めた妹が、ある日行動に出た。自分の顔に、一生消えない傷をつけた。それが、父親の逆鱗(げきりん)に触れた。やっと、自分を取り戻せると思ったのに、それすら叶わなかった」

しんと静まり返った室内に、彼女の声が響く。

「あれは、妹の怨念から生まれた化け物。彼女があんなふうになったのは、彼ら一族が扱ってきた魔術が関係してる。まじないって言えば聞こえはいいけど、もともとは人を呪うためのものだったらしいよ。怒りや悲しみ、後悔といった負の感情をエネルギーとする一方、それらを助長させ、やがて自身をも狂わせる悪しき術――結果、ああいう化け物が生まれるってわけ」
「……ずいぶん詳しいんだな」
　次々出てくる情報に、弘毅くんは呆気にとられる。
　美果瑠ちゃんは静かに笑った。
「いっぱい調べたからね」
　それはもう、死に物狂いで――と。
「結局、丸1日くらい粘ってたんじゃないかなぁ」
「そんなに？」
　わたしは目を丸くする。
　美果瑠ちゃんの口元が、弧を描いた。
「キッチンにあったスープ、もう飲んだ？　味は思い出せないけど、なかなか悪くなかったような気がするよ」
　その声を聞きながら、わたしは思った。
　わたしたち、すごく幸運だ。本来なら、長い時間をかけないと得られない情報を、今入手できてる。
　恭介くんにだって、何度助けられたことか……。
　彼らと出会い、仲良くなれたから、今があるのだと思い知る。
　きっと、終わってなんかいないのだろう。
　恭介くんたちはまだここにいて、脱出計画はこうしてわたしたちに引き継がれる。
　ならこれは、わたしたち10人の脱出劇だ。
「それで、脱出の目途（めど）はたってたんだよな？」

　真剣な眼差しで尋ねる龍真くんに、美果瑠ちゃんは頷いた。
「彼女は父親を、一族を、自分を神と崇め、姉の名で呼ぶ人々を強く憎んだ。術を使って、人ならざる体を手に入れ、やってきた人間を屋敷に閉じ込めて、殺戮を繰り返してる。もう正気を失って、暴走しちゃってる。だから、ここから出るには、その術を解除するしかないみたい」
「解除っていっても……」
　そんなの、どうやって……？
「術を解除する方法は２とおり。かけた本人に解かせるか、用いた陣を消すか。……書庫で見つけた本に、そう書いてあった」
「それって、もしかしてこれのことか？」
　弘毅くんは、例の本を取り出す。
　美果瑠ちゃんは顔をほころばせた。
「うん、それ。……なんかすごく懐かしく感じる」
　かなり読み込んだのだろう。
　道理で、亜希ちゃんが見覚えあるはずだ。
「本によると、五芒星みたいな魔法陣で、線の交わる５か所を消せば、効果がなくなるらしい。普通じゃなくなっているのは彼女の姿だけじゃなく、この屋敷もだから、陣は絶対に屋敷内にある。わたしたちは、彼女が使った陣を見つけるために、屋敷の中を探し回った。そして、ある結論に辿りついた」
　緊張しながら、続く言葉を待った。

美果瑠ちゃんはもったいつけるように間を空け、やがて言った。

「陣はね、あるけどないんだ」

「えっ……」

「どうやら、この屋敷そのものが、陣の役目を果たしてるみたい」

美果瑠ちゃんの話によると、全盛期の頃の一族の力は、それはもう洒落にならなかったらしい。

先祖代々暮らしてきたこの屋敷には、その力が染みついているのだという。

別途、陣を用意する必要もないくらいに。

美果瑠ちゃんたちが書庫で見つけたといういくつかの記録書が、それを裏づけていた。

ゆえに、陣はあるけどない——。

「そうなるともう、陣を消すには、屋敷ごと焼き払うしかない。屋敷が崩れ落ちる前に、運よく術の効果が消えれば、外に出られる可能性はある。……ただ、それには問題があった。知ってのとおり、ここは目を離すと再生するおかしな屋敷」

厄介な相手を見るように、美果瑠ちゃんは室内を眺める。

「わたしたちは４人だった。燃えつきるのを見届けるには、目が足りなかったんだ」

「あぁ……なるほど……」

わたしは頷いた。

むしろ、何人いても無理だろう。

しかし、まさかここへ来て、屋敷の再生能力がネックになるとは……。

美果瑠ちゃんは苦笑いする。

「だから、すぐに断念したよ。それでやむを得ず、残された方法を……娘を止めることにしたんだ」

結局、そうなってしまうのか……。

みんなの顔が、一瞬にして曇った。

「さっきも言ったけど、彼女は暴走状態。正気を取り戻させるには、暴走の元となった原因を解消するしかない。だから、わたしたちは彼女に名前を返してあげることにした。誰も呼ばなくなった本当の名前を呼んで、この屋敷から、解放してあげようと思った。姉妹の名前は『杏鶴』と『真李』。わたしは、そのどちらかを呼んだ」

淀みなく話していた美果瑠ちゃんが、息をつく。

終始冷静な様子で、説明役に徹していた彼女の顔に、深い悲しみの色が浮かんだ。

「情けないことに、間違ったほうを呼んでしまったらしい。当然、彼女は怒り狂った。結果はこのとおり。わたしはあの子も、友達も、救えなかった。……本当に、どうして間違ってしまったんだろうね」

どちらの名前を呼んだか、美果瑠ちゃんは覚えていないらしい。

彼女もまた、記憶が曖昧なのだ。

いや、そんなことよりも……。

「そんな、簡単なことでいいの？」

正直、拍子抜けだった。

もっと難しい、複雑な手順を踏むんだと、勝手に思っていた。

はっきり言って、あの化け物が、名前を呼んだくらいで落ちついてくれるとは思えないんだけど……。

みんなも同じ考えなのか、反応に困っている様子が伝わってくる。

しかし、美果瑠ちゃんは自信ありげに頷いた。

「実際、試して成功したから」

「成功？　失敗したんじゃないの……？」

意味がわからない。

美果瑠ちゃんは静かに言った。

「わたしたちの時にもいたんだよ。過去に屋敷に迷い込み、無念のまま死んでしまったという幽霊が。『彼』はかなりの後悔を抱えて、死んだらしい。ここにいるうちに術の影響を受けて、負の感情が膨れ上がり、出会った時には娘と同じくらい暴走状態にあった」

思わぬ言葉に唖然とする。

完全に初耳だった。

だって、恭介くんたちはそんなこと一言も――。

「もしかして」

龍真くんは、はっとする。

「蓮が言ってた『髭面のおっさん』か？」

「髭面？　わたしは姿までは知らないけど、蓮が言ってるならそうなんじゃない？」

そっか……。蓮くんが取り憑かれたのか。

だから、彼だけが姿を覚えていたんだ。

「本当に、大変だったんだから……」

当時を思い出したのか、美果瑠ちゃんはため息をつく。

「とにかく、その『彼』を落ちつかせるために、あれこれ試した結果、それで上手くいったってわけ」

悪い状態がかなり進行していて、あの化け物とそう変わらないところまでいっていた『彼』。

その人を元に戻せたことで、美果瑠ちゃんたちは娘を止める方法を思いついたのだという。

ふと、龍真くんの体を乗っ取った蓮くんのことを思い出す。

彼もまた、狂いかけていた。

恭介くんと話したことで正気を取り戻したけれど、もし対処が遅れていたら……。

想像して、ぞっとした。

思えば恭介くんも、出会った最初の頃は、『裏切られた』の一点張りで、頑なに他人を信じようとしていなかった。

負の感情を助長する——。

この屋敷は、人を狂わせてしまう。

わたしたちも決して例外ではないのだろう。

「よくわからないんだけど……」

弥生がおずおずと口を開く。

「あの化け物も、誰かに取り憑いてる娘の幽霊ってこと？」

「いや。たぶん、娘本人。術の力で体を維持してるんだろうけど、恐らく彼女はもう死んでる。死んでなお、生きてる。いないはずなのに、無理やり存在してるからか、彼女のまわりだけ“おかしく”なってるんだ。あなたたちも、近づくと耳鳴りがしたり、酔ったような気持ち悪い感覚になるでしょ？」

わたしたちは美果瑠ちゃんの言葉に顔を見合わせ、頷いた。

龍真くんは眉をひそめる。

「とるべき行動はわかった。けど……つまり、２択を外したらオレたちも終わりってことか」

「肝心の部分を教えてあげられなくてゴメン。……わたし自身、しっかり調べたつもりだったけど、何か見落としがあったんだね。実際、失敗してしまったわけだから」

美果瑠ちゃんは小さく微笑んだ。

「わたしがこんなことを頼むのも、おかしな話だけど、どうか彼女を救ってあげてほしい。わたしたちの分まで、頑張って」

たくさん調べた分、美果瑠ちゃんは誰よりも彼女に感情移入していたのだろう。

娘を憐(あわ)れみ、救おうとして。

それができなかったことを悔やんで。

だからこそ、ここまで詳細に記憶が残っていたのかもしれない。

美果瑠ちゃんは目を閉じ、千尋の体がぐらっと傾いた。

それを、弘毅くんが素早く支える。

「……大丈夫」

　瞬きしながら千尋は笑って言った。

　さて――これから、どうしよう。

「オレたちはまだ、双子の名前にすら辿りつけてなかった。もっとよく、調べないといけないんだろうな」

　晋哉くんは頷き、提案する。

「まずはまだ一度も調べてないところ……例の部屋に行ってみるべきじゃない？」

　反対意見は出ない。

　ついに、あの場所へと向かう時が来た。

　細い廊下の先に、例の扉が見える。

　改めて周囲を確認すると、あまり都合のいい場所とはいえなかった。

《あの先も道が続いてるんだ。その次の扉を抜ければ、部屋があったはず》

　わたしは恭介くんの言葉をみんなに伝えた。

「万が一のときに逃げられそうか、全員で乗り込む前に確認したほうがいい。まず、オレと奈乃で行こう。みんなは近くで待機しててくれ」

「わかった」

　それじゃ化け物がこないうちに、と龍真くんは歩き出す。

　わたしも恭介くんと連れ立って、あとを追う。

　扉を押し開けて隙間から覗くと、恭介くんの言ったとおり、前方にもうひとつ似たような扉が見えた。
「ずいぶんと厳重な構造だな……扉も重いし」
龍真くんは、ちょっと顔をしかめた。
重い扉は侵入を防ぐ時間稼ぎになる一方、逃げづらくもある。一長一短といったところ。
わたしは歩きながらスマホを取り出し、メッセージを確認した。
化け物出現の連絡は入ってない。
「……開けるよ」
「うん」
一度呼吸を整え、ついに奥の部屋へと足を踏み入れる。

扉を開けた瞬間漂ってきたのは、甘い香りだった。
「わぁ……」
室内には、大量の白い花が飾られていた。
今いる出入り口からまっすぐ、赤い道がのびていて、その先に、玉座のようなものがある。
なんというか、いかにもな部屋。
きっと、ここで彼女は、神を演じていたんだろう。
恭介くんは、壁際のほうに目を向ける。
その視線の先に横たわっていた遺体は、恭介くんと同じコートを着ていた。
わたしは言葉が出なかった。
腐臭をかき消すほどの、花の香り。
穢(けが)れなどほど遠く、神聖さを醸(かも)し出している室内。

遺体の存在すらも気づかせないようなこの空気を、ひどく不気味に思った。

「向こうに扉がある。行ってみよう」

龍真くんと、その先に向かう。

「……彼女たちの生活スペースだったのかな」

薄紅の絨毯が敷かれた室内には、猫足のテーブルに、革張りのソファ、クローゼット……。

窓がないからか、広さのわりに窮屈(きゅうくつ)な感じがするけれど、きれいな色の瓶が並んでいたり、人形が飾ってあったり、とても可愛らしい部屋だった。

そして、今入ってきた扉の他に、もう１つ扉がある。

その先は少し狭い部屋で、古い本の詰まった本棚や衣類のしまってある箪笥、クローゼットの他、１人がけの座イスが壁際にぽつんと置いてあった。イスの上には、小ぶりの手さげランプがのっている。

ひとまず、一番大きい箪笥の中身を空にする。

いざという時の隠れ場所を用意し終えると、わたしたちはスマホでみんなを呼んだ。

すぐに、４人がやってくる。

晋哉くんが、すばやく各自の担当場所を割り振っていく。

「きっとここは、彼女が姉であることを強いられてきた場所だ。この屋敷の中でもっとも思い入れがあって、同時に、最も憎い場所のはず。充分に警戒して取りかかろう」

静かに頷き合い、わたしたちは探索を始める。

しかし——。

「何かあった？」

「何も」

　あらかたの探索が終わりそうになっても、目ぼしいものが見つからない。

「そう簡単にはいかないか……」

　龍真くんはため息をつく。

「娘に会おうと、屋敷を訪れる客人は多かった。洋館の中にあるこの場所に、正体がバレる致命的な証拠を置きっぱなしにはしないだろう」

　言われてみれば、それもそうか。

「どうする……？」

「んー……」

　弥生は腕を組んで考え込む。

「今のところ、娘の正体を知っていたと思われるのは家主夫妻、医師、学者だよね？　彼らの部屋を、もう一度詳しく調べたほうがいいかもしれない」

「そうだね。じゃあ、さっさとここ調べちゃって、みんなで――」

　晋哉くんは首を振る。

「それだと効率が悪い。散々走り回って、みんな体力的にも精神的にも、限界が近いでしょ？　それに、もうすぐスマホも使えなくなる」

　あ――。

　わたしは、自分のスマホを確認する。

　バッテリーは、ずいぶん前から残り僅(わず)かになっていた。

「だから別行動するなら、まだスマホが使える今のうちだと思う。危険なのは変わらないし、不安だろうけど、腹を括(くく)って分かれて探索しよう」

離れているうちに、何かあったら。

自分の知らないところで、誰かが手遅れになっていたら。

全員でここから出る。

それが、叶(かな)わなかったら——。

不安は尽きない。

でも、全員で脱出するために必要なことなら、そうするしかなかった。

みんなが同意したところで、すぐにチームを分ける。

書斎のある洋館２階は、逃げきる脚力のある弘毅くんと龍真くんが。

医務室と学者の部屋がある洋館１階に、文献を読むのが得意な晋哉くんと弥生。

ここの探索の続きを、恭介くんが憑いてるわたしと、美果瑠ちゃんが憑いてる千尋で。

少し前に４人がかりで調査済みの和館は、ひとまず保留になった。

「奈乃と千尋は、ここが終わったら、１階の探索を手伝ってくれると助かる」

「わかった」

「小さなことでも、気づいたら共有しよう。化け物に遭遇したら、逃げること優先。いいね？」

しっかりと確認し合い、そして、みんなはそれぞれの担当場所へ向かっていった。
　扉が音を立てて閉まる。

　室内が静かになり、わたしと千尋の2人きりになった。
　いや……。
「何か思い出した？」
　些細なことでもいいんだけど、と千尋は美果瑠ちゃんに尋ねる。
　期待した言葉が返ってこなかったのは、表情を見れば明らかだった。
　わたしは恭介くんを見た。彼も首を振る。
「……じゃあ、早いところ終わらせようか」
「うん」
　しばらく、黙々と作業を進めた。
　室内を見ていて気づいたけれど、服とか、アクセサリーなんかも、同じものがひとつもない。
　かなり徹底している。
　この部屋に通じる道は1本とはいえ、鍵のかけられる部屋じゃないもんね。
　龍真くんが言っていたとおり、あまり期待はできそうになかった。
　いや、あえて鍵を取りつけなかったのかな。
　秘密がある……なんて、微塵（みじん）も思わせないように。
「……ん？」
　調べていたクローゼットの中に、違和感があった。

わたしは、かかっている衣類をどかした。

奥に大きめの箱が置いてあるんだけど、底の部分、これってもしかすると——。

「千尋、見て！」

急に名を呼ばれた千尋は、びくりとして振り返る。

「なになに？」

すぐに、そばまでやってきた。

わたしはクローゼットからなんとか箱を引っ張り出し、スペースを空ける。

千尋が、驚いた声を上げた。

「これ、隠し扉……？」

「みたい」

クローゼットの底の一部が、和館で見たような持ち上げて開くタイプの扉になっていた。

箱を上に置いて、見つからないようにしていたのだろう。

扉は、すんなりと開いた。中は真っ暗だ。

スマホのライトでかざしてみる。

「そんなに広くない……」

梯子もある。

下りられそうだ。

「ちょっと見てくるね」

返事を待たずに、わたしは梯子に足をかけた。

足場を確かめながら、ゆっくり下りていく。

足が地につく頃には、すでに恭介くんが隣にいた。

わたしはライトでかざしながら、周囲を見回す。

地下だからか、空気がじめじめしている。

「これ……ベッドだよね？」

簡易的な木の骨組みに、布団が敷いてある。

なるほど。

ここで、片方が睡眠をとっていたんだ。

何かの拍子に、眠っているところを見られたら、秘密がバレてしまうから、就寝時はとくに気を配ったはず。

とはいえ、こんな場所だ。

どう考えても、寝心地はよくなさそう。

そんな暮らしを、ずっと続けるなんて……。

かなり同情してしまう。

《たいした物は置いてないな》

残念そうに、恭介くんは言う。

「だね。寝るだけの部屋って感じ」

それでも一応探してみる。

すると、ベッドの下にくぼみがあって、そこに本が挟まっていた。

「奈乃ー？　どうー？」

上から、千尋の心配する声がする。

わたしは、顔を上げて叫んだ。

「本見つけたー！」

誰のものかはわからないけど、隠してあったのだから、何かしら手がかりになるかもしれない。

いったん上に戻り、千尋に本を預ける。

中身を確認してもらっているうちに、わたしは地下の探索を済ませた。

　隅々まで調べたけれど、他には何も見つからない。

　わたしは、梯子に足をかける。

「ふう……」

　梯子ののぼりおりも楽じゃない。

　上に戻ると、本に目を通していた千尋が顔を上げる。

「どう？　読めそう？」

「読めなくもない……けど、これ日記とかじゃないよ」

「え？」

「普通の本だよ。文学書」

　ほら、と渡されたものを受け取り、ページをめくってみる。

　千尋の言うとおりだった。

「でもこれ、ベッド下に隠してあったんだよ？　ただの本を隠すかな……」

　暗い地下でも、明かりを持ち込めば読めるだろうし、本があっただけなら読書用に置いていたとも考えられる。

　でも、そんなところに隠す必要はないはずだ。

　千尋も首をひねる。

「見た感じ、持ってるのが恥ずかしい本でもなさそうだしね」

「うん……」

　ベッドは、おそらく共用。

　隠したのは彼女ではなく姉の可能性もある。

お姉ちゃん、か――。

妹のほうばかり気にしていたけれど、姉はどう思っていたんだろう。

２人で１人を演じること。

反抗し、自身の顔に傷までつけてしまった妹を見て。

わたしたちは、残された手がかりから推測するしかないから、本当のところはわからない。

ぼんやりしていると、千尋の声がした。

「晋哉からメッセ来てるよ！」

何かわかったのかな。

わたしは急いでスマホを確認する。

【今、学者の部屋。さっきの部屋に飾られてた白い花なんだけど。あれ、どうやら李(すもも)の花らしい】

「スモモ……」

先走る気持ちを抑えながら、続きの文を読んだ。

【この屋敷は、当時の状態を維持してる。なら、飾られてるのは神である娘のシンボルで、つまり、真李が姉の名前なんじゃない？】

画像が続く。

晋哉くんはここを出ていく時に、白い花を１つ摘んでいったらしい。

李の花の絵と杏の花の絵の横に、その白い花が添えてあった。

千尋は顔を上げる。

「李と杏、よく似てるけど、たしかにこれは李だね。決まりじゃん」

「うん……」

「あれ？　納得いってない感じ？」

「いや、なるほどとは思ったんだけど……」

　理由は単純。

　美果瑠ちゃんが失敗したというのが気になる。

　簡単に、結論を出してはいけない気がする。

「例えば、父親が……情けっていうのかな、アイデンティティ失わせて申し訳ないから、名前に関係する花を飾るくらいは許してあげてた、とか……ない？」

「うーん。でも、一回反抗心を見せただけで、お払い箱にするような父親なんでしょ？　愛情の欠片(かけら)もなさそうなのに、情けなんかかけるかなぁ」

　千尋は、室内を見回す。

「徹底的に正体を隠して、妹に姉となるよう強いてきた家主夫妻のことを考えれば、妹の名を示す花なんて絶対目立つ場所に飾らないと思う。むしろ、『館内持ち込み禁止』くらいやってても不思議じゃないって」

　そこまで言って、はっとする。

「そうだよ……だとすると、姉妹は李の花なんて、見たことなかった可能性もある。『お嬢様は外出しない』って料理人も言ってたでしょ？　なのに、ここには李の花があって香りまでする。実際に見たことないなら、こんなふうに再現できないよ」

「たしかに……」

千尋の言うことは、説得力があった。

美果瑠ちゃんはどう思っているんだろう。

意見を聞いてみようと口を開きかけた、その時だった。

キィーーーーーーン。

久しく聞いていなかった、そして、できればもう二度と聞きたくないと思っていた音を、耳が拾う。

《早く隠れろ》

恭介くんの声で、はっとする。

千尋と一緒に、死角になる物陰のほうへ移動する。

次の瞬間、大きな音がした。

ドカドカと、血の気が引くほどの乱暴な音は、徐々に近づいてくる。

千尋が手を握ってきた。

どっちのものかわからない震えが、体に伝わる。

また、ひときわ大きな音がした。

わたしは泣きたくなりながら目を伏せ、唇を噛む。

重い扉は、化け物の侵入を阻んではくれなかったらしい。あっさり弾け飛び、床に落ちたのが音でわかった。

隣の部屋から、物がぶつかるような音や床に落ちて割れる音が、絶え間なく聞こえてくる。

あるものすべてを破壊しそうな勢いは、止まらない。

まずい……。

化け物は荒れ狂っている。

これまでみたいに、すんなり出ていってくれそうにない。

こっちに来るのも時間の問題だった。

どうしよう……。

このままじっとしていれば、間違いなく殺されてしまうだろう。

タイミングを見計らって外に出て、一か八か全力で走り抜ける……？

千尋はわたしより足が速いし、ケガもしていない。

わたしは無理でも、彼女なら逃げられるはず。

わたしは……。

形容しようのない恐怖が込み上げてくる。

あまりに動悸が激しくて、息が苦しい。

考えはまとまらない。

なのに、時間は待ってはくれない。

化け物はすぐそこまで来ている。

もう……もう、やるしかない……。

震える手で、わたしはスマホを取り出す。

頭をよぎるのは、ひとつの後悔だった。

やっぱり、あのとき言っておけばよかった。

好きですって、ちゃんと伝えたかった。

言えないまま死ぬことになるかもしれない——それが想像できなかったわけじゃないだけに、悔しく思いながらメモ帳を開く。

【合図したら全力で部屋から逃げて。できるだけ時間稼いだあとに、わたしがあの子の名前を呼ぶから】

画面を見せると、千尋が小さく息をのんだ。

千尋は何か言おうとして思いとどまり、首を振る。

わたしは続く言葉をスマホに打った。

【わたしは足が遅いから逃げられない。わたしが助かるには術を解除するしかないの。万が一間違っても大丈夫なように、行けるところまで逃げて。お願い】

何も２人とも死ぬ必要なんてない。

助かるなら、助かってほしい。

また、大きな破壊音が聞こえた。

もう時間がない。

わたしは千尋の手を握った。

千尋が俯く。

握り返してきた力で、わたしは、その返事を受け取った。

ありがとう……。

素早くみんなに連絡を入れる。

【例の部屋に化け物が来た。逃げられないから、できるだけ時間稼いで名前を呼ぶ】

間違ったらごめん——打ちかけたその文字を、思い直してすぐに消した。

たとえ間違っても、みんなはわたしを責めたりしないだろう。みんな、いい人たちだから。

そんな彼らの命運が、わたしの一言にかかっている。

その責任の重さに、押しつぶされそうになる。

——いっそのこと、やめてしまおうか。

時間を稼いだあと、わたしは何も言わずに殺される。

そうすれば、決断を下すのを先延ばしにできる。

みんなはよりたしかな情報を持って、化け物に挑める。

　自然と、小さな笑みが浮かんだ。
　それも、いいかもしれない――。
《ちゃんと言えよ？》
　まるで思考を読まれたかのようなその言葉に、わたしは顔を上げる。
　恭介くんは、わたしをじっと見つめてくる。
《みんなで脱出するんだろ》
　……うん。
　そうだね。そうだった。
　だから、それによって生き残れる可能性が少しでもあるなら、わたしは言うべきだ。
　弱気になっている場合じゃない。
　わたしは彼に頷いてみせる。
　――ドンッ！！！
　大きな音を立てて、この部屋の扉が開く。
　近くの物を薙ぎ払いながら、化け物が部屋に入ってきた。
　わたしは呼吸を整えると、そばにあった小さな置物を手に取り、タイミングを待った。
　隙間から、わずかに見えるその姿。
　化け物はこちらに背を向けている。
　――今だ！
　千尋が飛び出し、出口に向かって走り出す。
　気づいた化け物は、一瞬遅れて千尋を追おうとする。
　わたしは化け物めがけて置物を投げつけた。
　ゴッと鈍い音を立て、陶器の塊は化け物の体に命中した。

化け物の動きが止まり、千尋はその隙に部屋を出ていく。
足音が、遠ざかっていく――。
よかった……。
これで、少なくとも、最悪の事態は免れた。
「ウ……ア……」
化け物が、ゆっくりこちらを振り向く。
背筋に悪寒が走った。
直視し続けることを、わたしの体が拒絶する。
これが、元はわたしたちと同じ人間だったなんて……。
竦みかけた体をなんとか動かして、わたしはそばにあった物を掴むと、再び化け物に投げつけた。
なんでもいい。とにかく、手を止めちゃだめだ！
投げて投げて、投げまくれ！！！
不快そうな声が、室内に響く。
化け物は怒りのまま、勢いよくこちらに突っ込んできた。
わたしは身を翻し、間一髪のところで避ける。
逃げながらも、決して攻撃の手は緩めない。一心不乱に物を投げつけた。
上手くいったのは、最初の数回だけだった。
手元が狂い、投げた物が化け物のところまで届かない。
破壊を繰り返す化け物のせいで、投げられそうな物も、急激に数を減らしていく。
だんだん、息が上がってくる。
ほんの少しの油断も許されなかった。
さっきまでわたしがいた場所に置いてあったものが、壊れる。

そばの床や壁に、稲妻のようなヒビが入る。

あと一歩遅ければ自分の体がどうなっていたか、嫌でもわかる。

もう限界——。

そう思っても、あと１秒と粘ってしまう。

千尋はどこまで逃げられただろう。

みんなは、ちゃんと安全な場所に避難できただろうか。

念には念を入れて、もう少しだけ時間を——。

伸びてきた腕が、すぐ横をかすめた。

寸前のところでかわしたけれど、足場が悪く、体勢を崩して転んでしまう。

体に痛みが走り、目に涙が浮かんだ。

《奈乃！》

恭介くんが叫ぶ。

——言わなきゃ。

涙で霞む視界に、転んだ際に落としたスマホとあの文学書が映った。

スマホの画面が動く——。

開きっぱなしだったメッセージアプリのトーク画面に、写真がひとつ加わった。

見覚えがある。

書斎にあった、あの家族写真だ。

そして、広がって落ちた本からは、何かが……押し花がついた、薄緑色の栞(しおり)が顔を出していた。

え……。

気をとられたわたしは、一瞬、反応が遅れてしまう。

空気を裂いて向かってきた手が、わたしの首元を掴んだ。

「……っ！」

叫びは、声にならない。

氷のように冷たい手が皮膚に食い込み、しびれるような激痛が襲った。

や、ばいっ……。

気道を塞がれ、息ができない。

意識が、遠くなっていく——……。

暗転しかけていた視界は、突然揺れた。

勝手に動いたわたしの足が、化け物の体を蹴り上げ、緩んだ手から、首が解放される。

わたしはその場に膝をついて倒れ込む。

「うっ……けほっ……」

せき込む彼の声がして、ふいに体の自由が戻った。

《ぼーっとするな！》

恭介くん……！

おかげで助かった。

けれど——。

気づけばわたしは、部屋の隅まで追い込まれていて。

「あ……」

迫りくる化け物を前に、“次”はないと悟った。

言わなきゃ……言うんだ……。

口が動く。

でも、なんの言葉も出てこない。

頭の中が、ぐるぐるとまわっている。

いいの……？

本当に、“それ”でいいの……？

なんでわたしは、こんなにも、迷っているんだろう——。

「奈乃！！！」

声とともに何かが飛んできて、化け物に当たる。

「千尋——」

見れば、今にも泣きそうな千尋が、部屋の出入り口に姿を現していた。

「なんでっ……」

逃げてって言ったのに……！

……？

化け物が、体を起こす。

化け物は、わたしではなく、千尋にターゲットを変え、襲いかかっていく。

「ぎゃあー！」

千尋は叫びながらも、壊れた家具の残骸を拾い上げ、化け物に投げつけた。

わたしは、とっさに足元を見る。

千尋が現れたあと、一瞬、化け物の動きが止まった。

『彼女』が見ていたもの。

千尋が一番最初に投げたもの——……。

——スマホ？

投げつける際に画面が動いたのか、千尋のスマホには、写真が映っていた。

この屋敷に足を踏み入れる前、一番最初に撮った、霧に包まれた、古びたこの屋敷の写真が。

あ——。

部屋に飾られた大量の李の花。

それと同じものを用いた押し花の栞。

塗りつぶされた家族写真。

来訪者を閉じ込めて繰り返す殺戮。

再生し、当時の状態を維持する屋敷……。

千尋が投げたものが、化け物の頭部に当たった。

化け物は、不快そうに頭を振る。動いた視線が、わたしで止まる。

「奈乃、逃げて！」

千尋が叫ぶ。

化け物が、勢いよく襲いかかってくる。

「……知らない」

覚悟を決め、わたしは力の限り叫んだ。

「あなたなんか知らない!!」

——化け物の動きが、ピタリと止まった。

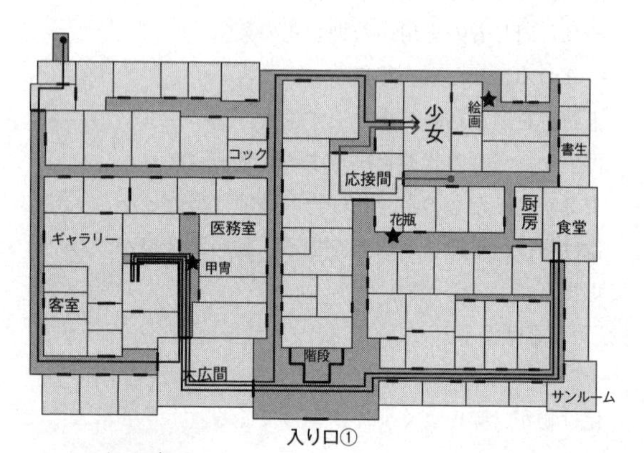

奈乃の動き

化け物の動き

第9章

ある少女の記憶

「真李」
　最後にその名を呼ばれたのは、いつだっただろう。
　一番初めは、たしかにそう呼ばれていたのを覚えている。
　記憶に残っているのは、お母様の声。
　いつも、小さい小さい、ひっそりとした声だった。
　それから『貴女』や『お嬢様』になって、気づいたら『杏鶴』になっていた。
　それは姉様の名ではないのかと、私は尋ねたけれど、お父様もお母様も『お前は杏鶴だ』と、とても怖い顔で仰った。
　そうか。
　名前とはそういうものなのかと、幼いながら理解した。
　それが間違いであることも、誰かとまったく同じである必要がないことも、私が知るのは、もう少しあとになってからだった――。

「――起きて」
　体を揺さぶられ、重い瞼（まぶた）を開ける。
　眠りから覚め、真っ先に見えるのは、いつだって自分と同じ顔。
　毎日、私は彼女に起こされるし、彼女も私に起こされる。
　そうでないと、この光も射さぬ、音も届かぬ部屋では、永遠に眠り続けてしまうだろう。

私はのっそりと身を起こした。

暗闇を照らすランプを片手に、彼女は笑う。

「おはよう」

「……おはよう」

「どうしたの。変な夢でもみた？」

「……そうか も」

あまりのんびりしていると、また口うるさく言われてしまう。

私はベッドから出て、彼女を追い、上へと続く梯子をのぼる。

１段進むたびに手足に冷たさが伝わって、寝起きの頭も覚醒し始める。

眩(まぶ)しい……。

出口の先に広がる光が、目を刺激する。

実際はたいしたことなどなく、単にここが暗すぎるせいなのだけれど。

なんとなく足を止め、うしろを振り返る。

闇に包まれた、私の寝室。

こんな暗く淀んだ部屋で眠るなんて、絶対に嫌だったのに、泣いても喚(わめ)いても無駄だとわかった頃から、不思議と怖さも感じなくなった。

人間とは、恐ろしく、逞(たくま)しい生き物みたいだ。

寝室を出た私は、すぐに食事に取りかかる。

テーブルに並べられた大量の料理。その残り半分を、口に運んでいく。

すでに食事を済ませている彼女は、“引き継ぎ”を始めた。

私が寝ている間に見たこと、聞いたこと、そして行った仕事……彼女が話す内容を、私はすべて頭に入れる。

「――あと、それから。あまり変なことに興味を持つのやめてちょうだい」

「変なこと？」

彼女は顔をしかめた。

「お松(まつ)に言われたわ。女中の仕事を、穴が開くほど見ていたそうじゃない」

「あぁ、あれね」

着物を洗っていたから、見せてもらっていたのだ。

「面白かったよ？　貴女も見ればいいのに」

着物を解いて、洗って乾かして、布団にする。

家事は奥が深くて面白いし、季節によって姿を変えられる着物を羨ましく思う。

私は、私にしかなれないから。

しかし、彼女の心には響かなかったらしい。

彼女は、私以外には絶対見せない仏頂面(ぶっちょうづら)になる。

「嫌よ。私には必要ないもの」

「必要ないの？　でも、前にひととおりできるように教えてもらったじゃない」

ため息をついた彼女は、呆れたように言った。

「それは教養として知っておきなさいということよ。何も家事を極めろって意味じゃないの。お母様もそんなこと一切なさらないでしょう？　上に立つ人間は、それでいいのよ。ただ、ある程度わからなきゃ指示も出せないから、ひととおり学ぶだけ」
「面白いのに……」
「そんな暇があるなら、本の１冊でも読んでよ。溜まってるんだから。私、早く次が読みたいわ」
「……わかってる」
　これ以上急かされたくなくて、私は彼女から視線を逸らした。
　知識に偏(かたよ)りがないようにと、片方が読んだ本はもう片方も読む決まりになっている。
　溜まっているのは事実だけど、私は読書は嫌いじゃない。
　ただ、彼女ほど夢中になれないだけだ。
「そうそう！　明後日ね、写真を撮ることになったの」
「えっ？」
　驚いて箸を止めると、彼女はうれしそうに続ける。
「お庭の手入れが済んだでしょう？　せっかくだから、写真屋さんを呼んで、撮ろうってお父様が仰(おっしゃ)って。楽しみだわ」
　この話しぶりでは、写るのは彼女のほうなのだろう。
　私は、自分の顔が曇るのを感じた。
「前の時も貴女だったのに……」
「だって、写真屋さんが来るのは、貴女が寝ている時間帯だもの。仕方ないわ」

「……」
　私が押し黙ると、彼女は小さなため息をついた。
「些細(ささい)なことじゃない。貴女は私で、私は貴女なんだから」
　どっちが写っても同じことよ、と彼女は言う。
　些細なこと。
　彼女はいつもそう。
　前に一度だけ、私が不満を伝えた時もそうだった。
　彼女が今の状態を……私が、彼女の名を使うことをどう思っているのか、知りたかった。
　おかしいと思わないのか、嫌だと思わないのか、知りたかった。
　私たちは“同じ”だから。
　彼女もそう思っていると期待していた。
　でも——。
「そんなの、どうでもいいじゃない。“私”を必要としているみんなのために、頑張りましょう」
　彼女にとっては、そうなのだ。
　でも、もし逆の立場だったなら。
　彼女は同じように言うのだろうか。
　使われるのが私の名前だったのなら。
　何をしても褒(ほ)められるのは、素晴らしいともてはやされるのは、愛されるのは、求められるのは……私だったとしても。
　共有した体の、陽の当たる正面側が自分じゃなくなっても、今みたいに『些細なこと』と言って、受け入れるのだろうか——。

食事のあと、私は彼女に手伝ってもらい着替えを済ませた。

髪を結い上げ、支度を終える。

「——さてと。それじゃ私、勉強するから。そっちもしっかりね」

「ええ。また、寝るときに」

私に『杏鶴』を託した彼女は、閉まる扉の向こうに消えていく。悠々（ゆうゆう）と寛ぎ、自分の世界に入っていく。

食器を下げに来た女中たちをしっかり見届けると、私は部屋を出た。

今は誰もいない謁見（えっけん）の間を通り、その先を目指す。

ここはいつも花の香りに包まれている。

寝ている最中に、どうしても地下の匂いが体につくから、それを誤魔化すためらしい。

毎日、その時々の季節の花を、たくさん飾る。

訪れる客人には、大層評判がいいと聞いた。

廊下を移動し、2階へと足を運ぶ。

今の時間なら、お父様はそこにいるに違いない。

「お父様。杏鶴です」

書斎の扉越しに声をかけると、扉は音もなく開いた。

入り口そばに控えていた、お父様の秘書を務める男が、静かにお辞儀をする。

私を部屋の中に入れ、彼は扉を閉めた。
「どうした」
お父様は顔を上げず、声だけで尋ねてくる。
「お仕事中に申し訳ございません」
カタンと、筆を置く音。
手を止めたお父様は、ようやくこちらを見た。
ここ数年の間に、ちらほらと白髪が目立つようになってきたが、かわりに威厳(いげん)が増している。
そのせいかまっすぐ見つめられると、つい恐縮してしまい、言おうと思っていたことも上手く口に出せなくなる。
「あの、お写真のことで……。次は『私』にしてくださるって、以前お母様が――」
「だめだ」
父は、途端に苛立った声を上げた。
「写真は残すものだ。……わかったら下がりなさい」
こうなると、何を言っても無駄だった。
私は頭を下げ、とぼとぼと部屋をあとにする。
湧き上がる不満を、ぐっと心の奥に押し込んだ。
写真は残すもの――。
きっと、私が写ってはまずいのだろう。
どんなに似ているといっても、別人なのだから。
誤魔化せているのは、私たちが同時に姿を現さないからに他ならない。
横に並べてじっくり見比べられたら、気づく人は気づく。
だから。

一番最初に彼女が写真に写った時点で、その先の未来は決まっていたのだ。

後日見せてもらった写真には、しっかりと“私”が写っていた。
丁寧に髪を結い、よそ行き用の着物を着せられ、化粧をほどこした私が、写真の中で微笑していた。
背景は我が屋敷。
私を中心に、並んだ家族。
立派な家族写真だった。
虚しすぎて、私はそれをあまり見る気になれず、すぐに手放してしまったのだけれど。

彼と知り合ったのは、17になった頃だった。
当時、屋敷に書生を住まませて面倒をみるのは、珍しいことではなかった。
我が家でも、何度かそういう青年を迎えてきた。
ただ、何分接点がないものだから、私はこれまで気にもしていなかったのだ。
書生たちは、たまに廊下ですれ違うと、にこやかに会釈をしてくる。
向こうも当然、この屋敷での自分の立ち位置を理解しているから、私に話しかけるなど愚かなことはしない。
今回の彼もそうだった。
くせのある髪から覗く黒い瞳が美しい、整った顔立ちのその青年は、いつも笑みだけを返してきた。
　年は、たしか２つ上。
　この屋敷において、彼女を除けば、一番年が近いのは彼ということになる。
　私は外に出て遊ぶことも、同年代の子どもと触れ合う機会もないから、友人なんて存在はいない。
　だから、いつか話してみたい、と。
　いつも抱えているのは何の本なのか、どんな勉強をしているのか、どうしていつも忙しそうにしているのか、聞いてみたいとは思っていた。
　決して“容姿が好ましいから”などという理由ではない。
　本当に、純粋に、ちょっと話して見たかっただけ……だと思う。

「落としましたよ」
　前を歩いていた彼を追いかけ、声をかけると、彼は驚いて足を止めた。
「杏鶴お嬢様。これは失礼しました」
　うやうやしくお辞儀をする彼は、私が拾った花を渡そうとすると笑顔になった。
　太陽のように笑った。
「ありがとうございます――」
　柔らかく、あたたかく、思わず見惚（みと）れてしまいそうなその笑顔は、すぐに引っ込んだ。
　彼は私の手を見たまま、固まってしまった。

「あの……」

差し出した花を受け取ってもらえず困っていると、ゆっくり顔を上げた彼は、じっと私を見た。

「貴女は……？」

「え？」

言葉の意図を汲（く）みかね、私は首をかしげる。

変なお方……。

だが、続く言葉を聞き、そんなことも考えていられなくなった。

「今朝お見かけした時よりも、ずいぶんと爪が伸びてらっしゃる」

私はぽかんと呆気にとられた。

そして、絶対にやってはならないことをしてしまった。

思わぬ言葉に動揺した私は、さっと顔を青くしてしまった。

気のせいだとか、そういう特異体質なのだとか、神と崇められる“私”ならいくらでも弁解はできたはずなのに。

これでは、認めているのと同じだった。

彼はそんな私を見てはっとすると、すばやく周囲を見回す。

「誰にも申しません」

小さな声は言った。

「ご安心ください」

私は拾った花を彼に押しつけるように渡すと、踵（きびす）を返しその場を去った。

振り向くこともせず、その場から逃げ出した。

どうされたのかと、声をかけてくる女中たちを振り切り、自分の部屋に駆け込んだ。

「はぁっ……はっ……」

静かな部屋で１人になると、途端に震えが襲ってきた。

――どうしよう。

知られてしまった。

私の存在に気づかれてしまった。

早くお父様に、お母様に、彼女に、伝えなくては――。

そう思うのに、私は言えなかった。

どうなるのか恐ろしくて、何もできなかった。

結局私は、誰にも、そのことを言えなかった。

眠れぬ日が続いた。

しかし悟られてはならぬと、平気なふりをした。

予想に反して、何事もない平和な日々は続いた。

10日ほど経った頃。

私は再び、廊下で彼と出くわした。

「――待って」

いつものように、会釈をして通りすぎようとする彼を、私は引き留める。

立ち止まった彼は、あの時とまったく同じ顔をしていた。

わからない。

この人が何を考えているのかわからない。

口を開こうとして思いとどまり、人気（ひとけ）のない庭先に彼を誘う。

　彼は黙ったまま、私についてきた。

　２人きりになると、私はたまらず尋ねた。

「どうして言わないのですか」

　自分でも、何を聞いているのだろうと不思議に思った。

　気のせいだと、都合よく解釈してくれた可能性だってあるのに。

　また自分から掘（ほ）り返すような真似をして。

「どうして、と言いますと？」

　彼は、不思議そうに首をかしげる。

　今さら、あとには引けない。

　私は怯える心を隠し、精一杯の冷静な声を出した。

「貴方が知り得たことを話せば、喜ぶ人がいるはずです。引き換えに、たくさんの褒美も手に入るでしょう」

　私たち一族をよく思っていない人間は、少なからずいるのだ。

「なのになぜ――」

「約束しましたから」

「約束……？」

　彼は、ふむと考え込む。

「事情がおありなのでしょう。私とて、旦那様にお世話になっている身です。不義理なことはいたしません」

　だからご安心を――と、彼は笑顔で言った。

　正気なのだろうか。

　あのような、その場で交わしただけの口約束を、この人は守る気でいるのか。

私はもう、どうしていいかわからなかった。

ぎゅっと両の手を握りしめる。

あの日以来、以前に増してきれいに切り揃えるようになった爪は、食い込んだりしない。

「名はお持ちなのですか？」

はっとして顔を上げると、彼は微笑を返してきた。

「よければ教えていただけませんか」

私の、名前……。

「……」

そばに落ちていた木の枝を拾い、私は地に文字を書いた。

もう長らく、誰にも呼ばれなくなった名を。

マリと読むのだと教えると、彼は小さく頷いた。

「素敵な名だ」

どくんと心臓が高鳴った。

次いで、なんとも言えない恥ずかしさが襲ってくる。

私は誤魔化すように、足で地面の文字を消した。

私の名は、土に紛れ、すぐに見えなくなった。

「誰にも申しません」

繰り返す彼に、私は頷いた。

本来なら、すぐにここを出ていくよう告げるべきだった。

約束してくれたとはいえ、そのことが知られれば、彼自身もただではすむまい。

でも、私はそうしなかった。

彼に秘密にしてもらって。

本当の名まで教えてしまって。

自分が自分であることをわかってもらえる——。

味わったことのないその甘美な喜びを、手放せなかった。

いつ、どの時間帯に入れ替わりを行っているのか。

私は教えなかったけれど、いつの間にか、彼は私たちを判別できるようになっていた。

私の存在に気づいた時もそうだったが、本当に、彼は人をよく見ている。

だから、私はますます彼を気に入ってしまった。

見かけたら嬉しくなるし、挨拶を交わせたら、その日1日は気分よく過ごせる。

もちろん、誰にも悟られぬよう細心の注意は払った。

楽しい。

彼はかわいいし、物知りで、面白い。

思い出すたびに、笑ってしまいそうになる。

——楽しい。

そんな日々が続き、半年ほどたったある日。

仕事が一段落し、休憩がてら館内をうろついていた私は、庭先に1人佇む彼の姿を見つける。

彼は、何かをするでもなく、静かに庭を眺めていた。

「そんなところで何をしていらっしゃるの」

人がいないことを確認し、声をかけると、振り向いた彼はいつものように微笑を浮かべた。

「お嬢様をお待ちしておりました」
「私……？」
「ここでぼんやり立っていれば、様子を見計らって、声をかけてくださるのではないかと思いまして」
　まんまと、彼の思いどおりになってしまったわけだ。
　見れば、彼は手に白い花を持っていた。
「差し上げます」
　私はためらいつつ花を受け取る。
「しばらく不在にしておりましたでしょう。東のほうに、出かけてきたのです」
「はぁ」
「道中、きれいな花を見つけたので、お嬢様にお見せしたくて」
　植物や、それを用いた薬の勉強をしているのだと、以前彼は言っていた。
　それにしても、花を私への手土産にするとは。
　少々、意外だった。
　私は受け取ったばかりの、小枝に咲いた小さな白い花を見る。
「これは梅？　桜……ではないみたいだけど」
　花の形や時期を考え、そう思った。
　でも顔を近づけると、それらとは違う、嗅いだことのない甘い香りが鼻孔をくすぐった。
　彼は声を潜めて言う。
「李の花です」

李……？

はっとして、私は顔を上げた。

秘密を共有した彼は、とびきりの笑みを返してくる。

「可愛らしいでしょう」

「……ええ」

とても。

私は頷き、改めて手の中の花を見つめる。

小さな花が、愛おしく、特別なものに思えた。

同時に、悲しみも覚える。

毎日、あれだけの花に囲まれて過ごしているのに、私はこの花を見たことがなかった。

この花が飾られたことは、一度たりともないと、気づいてしまった。

風が吹いて、庭の木々を揺らす。

「お嬢様は……」

擦(こす)れ合う葉の音に紛(まぎ)れるような小さな声は、一度途切れる。

慎重に言葉を選ぶように、間をおいて彼は言った。

「何か望みはありますか」

私は顔を上げる。

目が合った彼は、初めて見る表情をしていた。

「望み……？」

「ここを出たい、とか」

まっすぐに見つめられ、私は瞬きするのをためらった。

私の、私自身の望み……。

貰（もら）ったばかりの李の花に視線を落とす。

名の元となった花は、美しい花だった。

両親が考え、私につけてくれた名前――真李。

「……いいえ」

言いながら、首を振る。

「私、ここが好きだから」

お父様もお母様も、杏鶴も、使用人たちも、私は好きだ。

だから、いつか『真李』として、ここで暮らせるようになれたら――そう思う気持ちはあれど、家を出たいなどと考えたことはない。

「そうですか」

首肯（しゅこう）した彼は、少し申し訳なさそうな顔で笑う。

「おかしなことを聞いてしまいました。忘れてください」

「ううん。……お花、ありがとう。大事にするわ」

そう言ってから、はたと気づく。

花は、いずれ萎（しお）れるものだ。

それに私は、折角の花を花瓶に生けることもできない。

このまま、この花が枯れていくのを黙って見ているしかないのだろうか……。

花を見つめ、私は肩を落とす。

彼は懐から手帳を取り出し、開いた。

そして、薄緑色のきれいな栞を１枚抜いて、私に渡してきた。

「押し花にしてはいかがですか」

「押し花……？」

彼はやり方を教えてくれた。
私はそれをしっかりと頭に叩き込む。
「ありがとう。やってみる！」
部屋に戻り、すぐに試してみた。
思いのほか上手くできて、私は上機嫌になった。
でも、それが、よくなかったんだと思う。

数日後。
いつものように食事の傍ら、引き継ぎを受けていると、彼女は唐突に言った。
「どうして黙っていたの」
「え？　何？」
「書生さんから白い花を貰ったのでしょう。お松に聞いたわよ」
どきりと心臓が鳴った。
女中頭のお松さん——。
どこで見られたのだろう。
それに気づかないくらい、私は浮かれていたのか。
「その日あったことは全部共有する約束なのに。いったいどういうつもり？」
怒る彼女に、私は慌てて謝った。
「ごめんなさい、その日はお仕事の引き継ぎが多かったから……たいしたことじゃないし、忘れてしまっていたの」
引き継ぎすることが多かったのは、嘘じゃない。
実際に、いつもの倍近く話をしたのだ。

　彼女は不満げにこちらを見たあと、ため息をついた。
「まぁいいけど。今度からちゃんと気をつけてよね」
「うん……」
　書生から花を貰った。
　珍しい出来事とはいえ、事実としてはただそれだけ。
　だから、彼女もそれほど気にはしなかったようだ。
　話題はすぐに変わり、私は心底ほっとした。
　それが終わりではなかったと気づくのは、もう少しあとになってからだった。

「あの書生、とんでもないやつだったわ」
　開口一番、彼女はそう言った。
「書生……？」
　寝起きで頭が回らない。
　ランプに照らされ暗闇に浮かび上がる彼女の顔に、苛立ちが滲んでいることだけは理解する。
　彼女は私に１冊の本を突きつけた。
「見なさい、ここ。貴女が貰った花、この花でしょう？」
　図鑑のような本のそのページには、李の花が載っていた。
　状況を理解した瞬間、体から血の気が引いていく。
「彼の旅に同行した男に確認したら、たしかにあれは李の花だったって言ってたそうよ。まったく、どこから知ったのかしらね。“私”に見せて、その反応を探るつもりだったんでしょう。貴女が無知で助かったわ。不勉強もたまには役に立つのね」

「ただの、偶然ではないの……？」

　気持ちを抑えて、そう言った。しかし――。

「あら。でも“私”、これまで花なんてもらってないわ。あの人がここに出入りするようになってから、１年以上。そもそも、会話だってまともにしたことないのに。初めて渡してきた贈り物が花で、しかも李だなんて、おかしいじゃない。“私”に渡すなら杏の花でしょう。知ってる？ 杏と李って咲く時期や花の形がよく似てるのよ。でも、植物に詳しいあの人が間違うはずないものね」

　ぐっと言葉に詰まり、何も言えなくなる。

　彼女は声を潜める。

「お父様は、この家に裏切り者がいると睨んでいるわ。大層お怒り。しばらく庭先にも出られなくなりそうね。あぁ、嫌だわ」

　私は唖然とした。

「お父様もご存じなの？」

「ええ」

　もうすべて話したと彼女は言う。

「で、では……あの方は……」

「今“事情”をきいているそうよ。さっさと吐けば、すぐ楽になれるのに」

　手の震えが止まらない。

　目の前が、真っ暗になりそうだった。

　彼女が、そっと手を握ってくる。

「大丈夫。お父様がどうにかしてくれる。何も心配いらないわ」

私の動揺を間違った方向に解釈した彼女は、私を元気づけると、諭すように言う。

「とにかく、気をつけなさいよ。貴女はぼんやりしてるんだから」

まるで厄介な仕事をひとつ片づけたかのように、達成感に満ち溢れた顔で、彼女は寝室を出ていった。

彼は最後まで約束を守った。何も知らぬと、死ぬ間際になっても口を割らなかったそうだ。

それを人づてに聞いた時、頭に強い衝撃を覚えた。

私のせいだ。

私が、ここを好きだと言ったから。

これからも変わらず私がこの屋敷で暮らせるよう、恩義のあるお父様に背いてでも、自分がどういう経緯で秘密を知ったのか、墓場まで持っていくことにしたのではないか。

そのせいで、必要以上の苦痛を味わうことになったとしても——。

彼は亡くなり、お父様たちは、ただの偶然だったと事を片づけた。

そう。

偶然として処理できるくらいには、曖昧な証拠だった。

実際、彼は刺客でも何でもない。

ただ勉学に勤(いそ)しむ青年で、よからぬことを企(たくら)む者らと繋がりなどありはしない。

それなのに、万が一のことがあっては困るからと、お父様たちは彼を手にかけた。

私の、家族が——。

思いがそこに及(およ)んだとき、涙を堪えきれなくなった。

彼はもういない。

あの笑顔は、もう二度と見られない。

ただ1つ、手元に残った花の栞を抱いて、私は泣きながら眠った。

くだらない約束を守って、静かに死んでいった彼を思い、泣いた。

——人の命をなんだと思っているのだろう。

悲しみの中、失意とともに、苛立ちがくすぶり出す。

明らかに変だ。

そこまでして一族の地位に執着する父も、彼女も、それを見て見ぬふりする母もおかしい。

みんなおかしい。狂っている。

夢現(ゆめうつつ)で、私は部屋の中を歩く。

テーブルに並べられている皿が目に入った。

ゆっくりとそばに歩み寄り、その中のひとつを掴んで床に投げつける。

「一番鋭くて……一番ギザギザなもの……」

……見つけた。

私は目当ての破片を手に取ると、自分の頬に突き立てる。

そのまま、思いっきり横に引いた。

「うっ……」

引き裂かれた肌から、血が落ちる。

焼けるような熱が襲い、痛みで涙が滲んだ。

「何事ですか、お嬢様！」

音を聞きつけ、女中たちが部屋に飛び込んでくる。

悲鳴と、ざわめきと。

多くの声の中で、私は意識を失った。

傷は深く、切り口は複雑だ。まったく同じ傷をつけるなどできまい。

お面や髪で隠すことも、彼女は了承しないだろう。

会った人々が口を揃えて『美しい』と絶賛するこの顔を、彼女は気に入っているから。

今後一切、人前にさらせなくなるのは、我慢(がまん)ならないはずだ。

だから、これで終わる。

決定的な違いが生まれてしまった今、私はもう彼女として生きられない。

隠されてきた真実は、彼らの愚かさとともに世間にさらされ、私はようやく『私』に戻れる。

そう信じてやまなかった。

だが――。

私の思ったとおりには、事は進まなかった。

予想どおり、彼女は顔を隠すのを拒んだ。

冗談じゃないと、強く拒否した。

そして父はというと、あろうことか、私を捨てる選択をした。

実の娘であるこの私を、本当の意味で抹消して、最初から存在しなかったことにするつもりらしい。

『杏鶴お嬢様は力を使いすぎて、不眠不休の才を失ってしまった』

噂は瞬く間に広がったが、人々はこれまでの働きに感謝するとともに、杏鶴を労(ねぎら)った。

どうぞゆっくりお休みください。

御恩は一生忘れません。

そんな、変わらぬ信仰心を向けてきた。

一族はこれまでと何も変わらず、何も失わなかった。

父にとって私はもう“いらないもの”ではなく“存在してはいけないもの”になった。

彼女は父を止めようともしなかった。

長らくともに生き、2人で1人を演じることを良しとしてきた彼女だったが、最近ではそう思わなくなっていたらしい。

彼女は婚約者として紹介された男を大層気に入っていたから、彼をひとりじめしたくなり、私の存在が邪魔になりはじめていたのだ。

「でも、お父様に逆らうわけにもいかないでしょう？　どうにかできないかしらって、ずっと思っていたの。だから、ちょうどよかった」

彼女は笑って言った。

御親切に、私が気を失ってからここに至るまでにあった出来事をひとつも漏らさず教えてくれた。

これが最後の“引き継ぎ”だ——と。

話を終えた彼女は去っていく。二度と、こちらを振り向きはしなかった。

……静かだ。

私は身をよじった。

鎖が床に擦れ、音が反響する。

地下に幽閉されてから、どれほどの時間がたったのだろう。

今がいつなのか、わからない。

暗く寒い部屋で、ただ死を待つのみとなった私には、知る必要のないことだった。

それでも、最低限の食事だけは欠かさず運ばれてくるのだから、笑ってしまう。

——まだ、死なれたら困るものね。

杏鶴が子を孕(はら)み、後継ぎが生まれれば、晴れて私は用済みになる。

それまでの保険だ。

静かな闇の中で、私は今日も１日を過ごす。

やがてやってくる、このくだらない人生が終わる、そのときまで。

何もかも唐突に失った。

残ったのは、空虚感だけ。

私の人生は、いったいなんだったのだろう。

名を奪われ、姉という存在をより素晴らしいものにするためだけに生かされてきた。

そして、用が済んだら捨てられる。

私がいけなかったのだろうか。

何も望まず、己を殺して、大人しく杏鶴として生きていれば、こうはならなかったのだろうか。

いや――。

こんなことをいつまでも続けられないのは、父も最初からわかっていただろう。

いつかは止めねばならぬ時が来て、その時片方は邪魔になることが決まっていて、だから、遅かれ早かれこうなる運命だったのだ。

ただ、少しだけ、早かっただけで――。

私は笑った。

おかしくて、笑ってしまった。

笑いは次第に、嗚咽に変わった。

あぁ……。

私の運命は決まっていても、彼は違ったのに。

私が大人しく杏鶴で居続けたなら、彼は死なずに済んだだろうに。

秘密を守ると誓ってくれた、あの美しく心優しい青年が死んでしまったのは、私のせいだ。

ごめんなさい。

好きになって、ごめんなさい。

私は足に力を入れ、よろよろと立ち上がる。

もう、立ち上がることすらままならないほど、体は弱っていた。

せめて……。

せめてもの償いとして、私が終わらせよう。

今もなお、権威に執着する父を、母を、姉を。

私を神と崇める人々を。

忌々しい一族の血を絶やし、関わる人間すべてを、この世から消し去ってやる。

ふいに誰かの笑い声がした。

体に、湧き上がる力を感じる。

――屋敷か。

皮肉なものだ。

これから一族を根絶やしにしようとしている私に、その一族が、力を貸そうとしている。

「いいの？」

思わず、嘲弄するような声が出た。

また、笑い声がした。

「……ありがと」

私は笑顔で、その答えを受け取った。

手足を繋いでいた、うっとうしい鎖は、いとも簡単に千切れる。

それを床に放り投げ、私は地下室をあとにした。

気づけば、まわりは血の海だった。

そこら中に転がる死体の山を見て、ため息が漏れる。

いけない。

こんなに汚れてしまっては、誰もこの屋敷に寄りつかなくなる。

愚かな彼らのために、定期的に“掃除”をしなければ。

家はいつもの状態に。

ゴミが溜まったら、大掃除……っと。

「ふふっ」

きれいになった館内を歩いていると、遠くで、玄関扉が開く音がした。

ほら、今日もまたやってきた。

大丈夫。

みんなみんな、殺してあげる。

貴方たち全員がこの世からいなくなるまで、ずっと、ずっと——。

「あはは」

待っててね。

今行くから。

笑い声を響かせながら、私は勢いよく駆け出した——。

第10章

脱出、そして――

　部屋中に飾られていた白い花は、姉妹の片方の名前に含まれる李の花。
　実際に目にしたことがなければ、香りまで再現なんてできない。
　千尋の言うとおり、李の花は、彼女たちが暮らしていたこの屋敷の中に存在したのだろう。
　じゃあ、『真李』が神と崇(あが)められた娘の名前？
　そうは思えなかった。
　家族写真に写っていた姿は、すべて黒く塗りつぶされていた。そして、訪れた人間を閉じ込めてしまうこの屋敷。
　当時と全部同じじゃない。
　彼女は力を使って、屋敷を好きに変えられる。それなのに、姉の名の憎い花を飾ったままにするだろうか。
　あれはきっと、妹の花だ。彼女が、『真李』なんだ。
　本に挟まっていた薄緑色の栞は、学者の部屋で見たものと同じだった。
　学者は娘の正体に気づいていたようだし、植物の勉強をしていた。彼がこっそり花を与えた……そう考えれば、彼女が李の花を知っていた理由も納得できる。
　わたしは、彼女の名を呼ぼうとした。
　でも、何かが気になった。
　美果瑠ちゃんは言っていた。暴走の原因となった負の感情を解消してあげれば、正気に戻る、と。

彼女の望みは、本当に“自分の名を呼んでもらうこと”？

そして“自分を取り戻すこと”？

自分を自分だとわかってくれる人を求めて、訪れた人間を屋敷に閉じ込めるのは、まだわかる。

けれど、屋敷の再生は……？

彼女が力を使ってそうしているのだから、当時の状態を維持していることにも、絶対に意味があるはず。

それに、屋敷の写真を目にしたときの、あの一瞬の静止。

もしかして、誰かを待ってる……？

その“誰か”じゃないから、みんな閉じ込められ、殺されていくの？

でも、誰が来るというのだろう。

当時ここに住んでいたのは『杏鶴』で、屋敷を訪れる人間はみんな『杏鶴』に会いに来るのに……。

まだ他に、外部の人間で彼女の正体を知る人がいた？

いや、違う。

閉じ込められたのは、化け物に会う前だった。この屋敷も、目や耳の役割までは果たしていなかった。

やってきたのが誰であっても、閉じ込められ、殺されるのだ。

それはつまり――。

待っているのかもしれない。

『杏鶴』を知る人間が、誰もいなくなるのを。

怒りの矛先は、自分に関わるすべての人間で。

彼らを絶やす。

それが、彼女の目的であり、望みなのでは。

なら、わたしはなんて言えばいい？

わたしたちが彼女に言うべき言葉は——……。

「あなたなんか知らない！！！」

化け物が動きを止めた瞬間、その体を取り巻いていた黒い何かが、勢いよく飛び散った。

わたしはとっさに、腕で顔を覆う。

黒い靄が、あたりを包む——。

ま……まさか、失敗した……？

動揺の中、ゆっくりと靄が薄れていく。

輪郭を取り戻し始めた室内に、先ほどまではいなかった人間の姿が浮かび上がった。

この子は……。

着物姿のやせ細った少女と、目が合った。

艶のない髪はボサボサに乱れ、右の頬には口元までのびる痛々しい大きな傷がある。

——真李だ。

わかっても、名を口にすることはできない。

わたしはこの子のことを、『知らない』のだから。

ゆっくり瞬きした真李は、視線を落とす。

ふいに、その体が動いた。

思わず身構えたけれど、彼女の目は、わたしに向いてない。一点を見つめたまま、真李はおぼつかない足取りで歩

き出す。

　とうに限界を迎えているのだろう。真季が一歩進むたびに、彼女の体の一部がボロボロと剥落していく。

「あっ――」

　ついには倒れ込んでしまった。

　這いつくばりながらも、伸ばした震える手が、あの栞に触れる。

　真季は栞を胸元に引き寄せ、大事そうに抱え込むと、静かに目を閉じた。

　その体は瞬く間に灰となり、跡形もなく消えていった。

　終わっ、た……。

　束の間の放心のあと、安堵感がじわりと湧き上がり一気に噴出する。

「奈乃……！」

　千尋が床に散らばる物をかき分け、近寄ってくる。

　そばにあった千尋のスマホを回収し、わたしも彼女の元に駆け寄った。

　すると――。

「――わっ！」

「きゃあ！」

　突然、床が大きく揺れた。

　床だけじゃない。壁も天井も、大きく軋み、揺れ動く。

「術が解けたんだ！」

　スマホが続けざまにメッセージの受信を知らせた。

みんなも、突然の異変に慌てふためいていた。

わたしはみんなに真李の最後を見届けたことを伝える。

化け物は消え、屋敷にかかっていた術も解除された。

だから、この屋敷はまもなく――。

わたしはスマホをしまい、顔を上げる。

「早く、玄関に！」

「うん！」

屋敷は、今にも崩れ落ちそうだった。

わたしと千尋は、急いで部屋を出る。

《こっちだ！》

恭介くんが叫ぶ。

すでに崩壊が始まっている廊下を、彼の先導に従い進んだ。

天井の一部も音を立てて壊れ始め、物がバラバラと落ちてくる。それらを間一髪で避けながら、わたしたちは必死に走った。

ようやくエントランスホールが見えてくる。

「みんな！」

すでに到着していた４人は、ほっとした顔を見せる。

「よし、早いとこ脱出するぞ！」

弘毅くんが玄関扉に手を伸ばす。

どんなに頑張ってもびくともしなかった扉は、入った時と同じように、すんなりと開いた。

外だ――。

１人、また１人と扉を抜け、外に出ていく。

《――元気で》

　ふいに、背中を押された気がした。

　わたしは勢いのまま、転がるように外に出る。

　白い霧と、黒い靄が混ざり合う。目の前が暗転する。

　背後で建物が崩れ落ちる音を聞きながら、わたしは意識を手放した――。

　目が覚めると、わたしは病院のベッドの上にいた。

　同室には千尋と弥生。男子は別室にいるそうだ。

　聞けば、山の中で倒れているところを、叔父さんに発見されたらしい。

　何があったのかと、尋ねてくる刑事さんやお医者さんに、わたしたちはありのままを話した。

　ところが、例の屋敷も、スマホのデータも、何もかも跡形もなく消えてしまっていて、おまけに、わたしたちに軽い脱水症状があったものだから、結局『夢でも見ていたのでは』と片づけられてしまった。

「なんだかなぁー」

　男子たちがいる病室に集まって、みんなで話をしていると、弘毅くんは不満げに天井を仰いだ。

「こちとら命がけでずっと逃げ回ってたっていうのに、全部夢で済まされちまうのかぁ……」

「仕方ないよ。何も証拠がないんだもの」

　小さく笑う晋哉くんに、わたしは頷く。

恭介くんのネックレスも、いつの間にか消えていて、ポケットの中に残っていたのは、わずかな黒い煤だけだった。

目が覚めた時には、もういなかったけれど、彼もちゃんと成仏できただろうか……。

「オレや弘毅のケガも、全然取り合ってもらえなかったな」

龍真くんは苦笑いする。

彼らの傷は、山の中を彷徨っているうちに負ったものと、処理された。

「いいじゃない。わたしたちだけがわかっていれば、それで」

穏やかな顔で窓の外に視線を向ける千尋。弥生も、それにならう。

弘毅くんがため息をつく。やれやれといった様子で、体を伸ばした。

室内に、静寂が訪れる。

「……覚えておこうね」

言葉は自然と零れた。みんなが頷くのが見える。

わたしは、ゆっくりと目を閉じた。

霧に包まれた屋敷の姿が、そこで味わった本物の恐怖が、甘い花の香りが、鮮明に蘇る。

ずっとそばにいて、何度もわたしをピンチから救ってくれた彼の顔が、最後に浮かんだ。

忘れたりはしない。

きっとこの先も、季節が巡るたびにわたしたちは思い出すだろう。

この恐ろしく奇妙な、ひと夏の思い出を――。

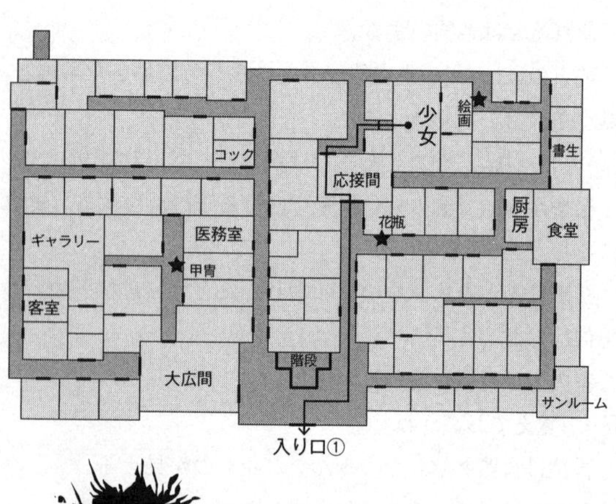

—— 奈乃の動き

エピローグ

「もう、ほんっと嫌になる……あーあ、入学した頃に戻りたぁい」

隣を歩く薫は、珍しく弱音を吐き出した。

私と会う前に、大学のキャリアセンターに寄ってきたらしく、彼女の手にはインターンシップの資料の束が収まっている。

薫は、それらを鞄に押し込んだ。

ちらりと見えた彼女の鞄の中には、タイトルに【就活】の文字が入った本が、何冊かあった。

「大変そうだね……」

言いながら、決して他人事ではないなと心の中で思う。

いずれ私も、その忙しさを嫌というほど味わうことになるだろう。

鞄を肩にかけ直し、薫は言った。

「奈乃は就活しないで院に行くんだっけ？　あ、それともあのイケメンハイスペック彼氏とご結婚ですか？」

ニヤつく彼女に、私は苦笑いを返す。

「今のところ進学かなぁ……」

できれば、龍真くんと同じ大学院にいきたい——。

内心そんな無謀な考えを持っていることが、つい先日バレてしまった。

同棲する気満々の龍真くんは早くも部屋を探し始め、私は合格を信じて疑わない彼に、試験とは落ちる人もいるのだということを、一から説明する羽目になった。

「だから言いたくなかったのに……」

「？」

ぽつりと呟く私に、薫は不思議そうに首をかしげる。

道の先に、目的地のカフェが見えてきた。

今日は朝から天気がよくて、ちょっと歩いただけで汗をかく。

早く涼しいところで、ひと息つきたい。

薫も同じ意見なのか、歩くスピードがほんの少しだけ速くなる。

「夏休みは？　すぐ地元帰るの？」

「うん。なんか、高校の同窓会やるらしくて」

「あー、いいねぇ。そういえば私のとこも、やるって言ってたなぁ」

「──あっ」

突然、脇道から子どもが飛び出してきた。

話すのに夢中だった私は、反応が遅れてしまう。

どすんと、遠慮なくぶつかってきた、幼稚園児くらいの小さな男の子は、これまた派手に尻餅(しりもち)をつく。

私は慌ててしゃがみ込んだ。

「ごめんね、大丈夫？」

「ん！」

男の子は、けろりとした様子で立ち上がる。

えっ──。

私は、思わず男の子を凝視した。

どこか見覚えのあるその顔立ちに、胸の奥が一気に熱くなる。

込み上げる懐しさで、声が震えた。

「あっ、あの、キミ——」

「早くぅ」

「おせーぞ！」

聞こえてきた、複数の子どもの声。

「待って！」

男の子は笑顔で駆けていく。

４人の小さな子どもたちは、仲よさげにじゃれ合いながら、そばの公園に入っていった。

「かわいいなぁ……」

薫が、しみじみと呟く。

私は立ち上がり、笑って頷いた。

——“元気で”。

穏やかな風が、頬を撫でる。

これからまた、あの季節がやってくる。

私は青く晴れた空を見上げ、小さく微笑んだ。

END

作・たくら六（たくらむ）

東京都出身。2022年、第６回野いちご大賞ブラックレーベル賞を受賞しデビュー。

絵・飴宮86+（あめみやぱむたす）

かっこいい男子のイラスト制作とファッションデザインが好きなイラストレーター。

たくら六先生へのファンレターのあて先

〒104-0031

東京都中央区京橋1-3-1

八重洲口大栄ビル7F

スターツ出版（株）書籍編集部 気付

たくら六先生

この物語はフィクションです。

実在の人物、団体等とは一切関係がありません。

死が棲む家　～ある少女の復讐～

2022年7月25日　初版第1刷発行

著　者　たくら六
©takuramu 2022
発行人　菊地修一

デザイン　カバー　ansyyqdesign
フォーマット　黒門ビリー&フラミンゴスタジオ

DTP　朝日メディアインターナショナル株式会社

編　集　中山遥　酒井久美子

発行所　スターツ出版株式会社
〒104-0031 東京都中央区京橋1-3-1　八重洲口大栄ビル7F
出版マーケティンググループ　TEL03-6202-0386
(ご注文等に関するお問い合わせ)
https://starts-pub.jp/

印刷所　共同印刷株式会社

Printed in Japan

乱丁・落丁などの不良品はお取替えいたします。上記出版マーケティンググループまでお問い合わせください。
本書を無断で複写することは、著作権法により禁じられています。
定価はカバーに記載されています。

ISBN 978-4-8137-1297-8　C0193

読むたび何度でも恋をする…全力恋宣言！
毎月25日はケータイ小説文庫の日♥

心に沁みるピュアラブやキラキラの青春小説、
「野いちご」ならではの胸キュン小説など、注目作が続々登場！

ケータイ小説文庫　2022年7月発売

『至上最強の総長は、眠り姫を甘く惑わす。』　北乃アトミ・著

ある抗争に巻き込まれて記憶を失った綾瀬みのりは、暴走族「白夜」のイケメン総長・御影に助けられる。御影はみのりを守るため、彼女と同居することに。甘すぎる御影にドキドキしっぱなしのみのりだったけど、じつは危険が迫っていて…。危険で甘々すぎる２人の恋に、ハラハラ&胸キュン必至！

ISBN978-4-8137-1295-4
定価：671円（本体610円＋税10%）

ピンクレーベル

『ご主人様は、専属メイドとの甘い時間をご所望です。
～わがままなイケメン御曹司は、私を24時間独占したがります～』　みゅーな**・著

高校生になったばかりの恋桃は、ある理由から同い年のイケメン御曹司・歩璃の専属メイドに任命されてしまう。恋桃の主な仕事は、甘えたがりな歩璃のそばにいること。歩璃のお屋敷に同居し、同じ学校に通う日々は、ちょっと危険なドキドキの連続で…？　甘々メイドシリーズ待望の第２弾!!

ISBN978-4-8137-1296-1
定価：671円（本体610円＋税10%）

ピンクレーベル

『死が棲む家』　たくら六・著

高校生になって初めての夏休みを、クラスメイトの別荘で過ごすことになった奈乃たち。しかし、辿りついたのは恐ろしい化け物が住む呪われた洋館だった。化け物と戦い脱出を試みる中、化け物の正体と呪いの原因を知る手がかりが見つかり…⁉
奈乃たち６人は、無事に洋館から出られるのか？

ISBN978-4-8137-1297-8
定価：671円（本体610円＋税10%）

ブラックレーベル

書店店頭にご希望の本がない場合は、
書店にてご注文いただけます。